AS IF BY MAGIC

Selected Poems by Paula Meehan

まるで魔法のように

ポーラ・ミーハン選詩集

思潮社

まるで魔法のように　ポーラ・ミーハン選詩集

大野光子・栩木伸明・山田久美子・河口和子・河合利江　編訳

思潮社

ゲーリー・スナイダーに捧げる

序　日本の読者のために

アイルランド文学者で愛知淑徳大学名誉教授の大野光子博士が、わたしの詩を翻訳し日本語選詩集にするという提案を切り出したとき、まず感じたのは、わたしの人生という歯車装置の、そうあるべき場所に傘歯車《ラチェット》が嵌ったという感覚でした。この提案は、大きな喜びをわたしにもたらしてくれましたが、それには多くの理由がありました。その第一は、光子に対するわたしの尊敬と愛、そして彼女と長年お互いの文化について論じ合ってきた対話と友情に由来します。翻訳のために集まったチームの顔ぶれを光子が教えてくれたとき、わたしの心は歌いだしました。アイルランド語には「ミヒル」という素敵な言葉があります。〈特定の任務を完了するために、友人や隣人が集まって各々のエネルギーとスキルを傾けて集団行動にあたる〉という意味の単語です。わたしの詩の翻訳に取り組むため集まったグループは、真摯に詩とアイルランド文学に取り組む研究者たちでした。わが親愛なる友である栩木伸明は、アイルランドの作家たちと伝統音楽の最高の代弁者で、アイルランド抒情詩の水面下に響く通奏低音の意味までも理解する人です。さらに、山田久美子と河口和子と河合利江が加わっていて、頼りがいがあり共感力に秀でた仲間とともにいると、わたしは感じました。

　このような勇敢な航海者たちがわたしの身になって長い旅路を辿ってくれること——殊に、ひどいストレスがかかり、会うことすらも困難なこの世界的感染症《パンデミック》の時期に、彼らが払ってくれる献身的な努力――に対して、感謝の念は増すばかりでした。

日本という国をわたしが最初に意識したのは、一九六三年キューバ・ミサイル危機によって、世界中の人々が核の脅威に気付かされたときでした。わたしは当時八歳で、核戦争に備えて学校で安全訓練をしなければなりませんでした。政府が『Bás nó Beatha／生か死か』というタイトルのパンフレットを発行して、水や缶詰食品、ろうそくやマッチの備蓄、家の階段下の避難場所への移動、窓やドアを砂袋で防御することなど、生存のための方法を伝授したので、とても驚きました。そのことは、今でもよく覚えています。困ったのは、わたしたちの家の中には階段がなかったことでした。住んでいたのはダブリンの中心街にあるアパートでしたが、一体どんな対応をすれば良いのか、わたしのちっぽけな想像力は大いに悩まされました。振り返って思うのは、担任の先生はわたしたちを怖がらせて楽しむのと同時に、広島と長崎への原爆投下について、その様子を目の当たりにするような情報も与えてくれて、平和と戦争の終結を生涯にわたって願い続けるたねを蒔いてくれたのでした。なぜ、またどうしたら、そのような残酷さが人間の行動の一部になり得るのかは、子どものわたしには理解できなかったけれど、日本の人々に対する共感が湧き上がるのを感じました。

十代になるころには詩と歌の歌詞にすっかり夢中になり、わたしの未来の運命が決まりました。あの頃の時代精神は、禅仏教と日本の詩歌からもたらされた思想と実践に染まっていました。アメリカの詩人であり、仏教徒で環境保護活動家でもあるゲーリー・スナイダー――この詩集は、彼に捧げられています――から、わたしは大きな影響を受けました。あの頃の合衆国西海岸の知識人や芸術家たちは、大西洋を挟んだ東側の古いヨーロッパではなく、太平洋ごしに西方の日本を見つめて視野を広げていました。わたしは彼らからも大きな影響を受けました。詩、詩作の実践について、古風な詩歌のルーツ、詩歌と精神の悟りとの関係について、さらには日常生活への実際的応用をめぐる新しい考え方の数々が、こうした詩人たちを介して一九六〇年代から七〇年代にかけて、日本からアイルランドへと入ってきたのです。

その他にも、わたしが大学に入って勉強を始めてからは、ウィリアム・バトラー・イェイツから直接的な影響を受けましたし、視線を東へ向けたイェイツが持ち帰ったものや、彼が魅了された能楽や狂言からも影響を受けました。栩木伸明は近々刊行される『イェイツ全詩集』の翻訳者として尊敬を集めることになるでしょう。その彼と、イェイツがなぜ日本の読者のあいだで永続的な人気を保っているのかを論じ合うことができたのは、わたしにとって格別な喜びでした。このようにアイルランドと日本には強力な接点がいくつもあります。それぞれの島の文化が言語の壁をやすやすと越えて直接伝わるのも、双方が共通に抱く詩への愛のおかげだと信じています。

わたしが若かった頃の友人で詩人のフィンバー・デイビスは、ダブリン北郊の漁港ホウスの漁師でもあったのですが、彼があるとき『ペンギン版日本詩歌集』の初版をわたしにプレゼントしてくれました。ジェフリー・ボウナスとアンソニー・スウェイトが編集して一九六四年に初めて出版された詩歌集で、古代から奈良、平安、鎌倉、室町、江戸時代までの七〇〇編以上の詩が収録されていました。

その本は、古い物語を語る新しい方法と新しい物語を語る古い方法に飢えていた、特にわたしたちのような新米詩人にとっては、まさに宝の山でした。ただ、悲しいことにフィンバーは、トロール漁船

〈セント・アイバー〉がダブリンの北の海岸で沈没したときに、二十二歳で亡くなりました。わたしはしばしば彼のことを考えます。海で命を落とした人々のためにホウス岬に建てられた記念碑には、彼の名前が刻まれていて、その前を通るたびに、日本の詩にたいする彼の愛情、仏教への情熱、永遠に若い男の姿となった彼の美しさ、そして彼からもらった複雑で壮大な伝統を開く鍵のことをいつも思い出すのです。

そんなふうに折々垣間見てきた日本文化の断片が、大きな姿に統合されるのを実感したのは、友情と共通の関心を通して、日本の人たちとつながり始めたときでした。まさにその人たちが今回、言語の深い溝を越えてわたしの詩を美しい日本語で伝えるために、知恵と技術を提供してくれました。アイルランドと日本で出会って対話を重ね、相互に訪問もし合ってきた長い年月に対して、わたしは深い感謝と喜びを表明します。詩人であり女性であるわたしを、皆さんがこれまで支え続けてくれました。そして今、わたしの目の前に、わたしの人生で最も大きな名誉のひとつが届けられました。一語一語、一行一行、詩のひとつひとつが、地球の反対側へと運ばれて、新しい読者の心と精神の内側で声をあたえられたのですから。

二〇二二年、夏至　アイルランドのダブリンにて

ポーラ・ミーハン
(日本語訳:大野光子)

目次

序　日本の読者のために　6

冬の刻印を受けた男　より

泉　20
巻貝を買いに　22
あの女《ひと》の生き方《パターン》　25
子守唄　33
彼女のヘロイン・ドリーム　36
年次大会　40
グラナードの聖母像は語る　45

ヨーク通りを描いた三つの絵　51
星明りで家路に　57
空を読む　60
トゥー・バック・ティム・フロム・ティンブクトゥ　63
コーダ／最終章　66
納屋で彼がする仕事への、わたしの愛　70
ツークツワンク――追い詰められて　73
子を葬る　78
黒い分身　81
冬の刻印を受けた男　85
たね　88

睦言 より

聖フランシスの幻になった父　92
子どものダブリン・マップ　95
自叙伝　99
島の埋葬　103
夢のフィルター　107
母の亡霊が慰める　111
傷ついた子ども　114
ベルリン日記　一九九一年　122
常備軍　131
わたしを崇めないで　132
祝福　134
もう一人の女　136
そんなに急いで　アタシのお墓に飛びこみたいかい？　138

都市 139
侍女 146
睦言 148
シルク 151
「わたしのハーブ園のヘンルーダだけでなく……」 154
キングサリの花 160
帰る場所 164

真の姿——ダルマカーヤ より

真の姿——ダルマカーヤ 168
あの冬の父の手 170
雷が家で鳴ってるよ 175
握りこぶし 179

雨を描く より

短歌連作 182
狼の木《ウルフトゥリー》 184
ジョアン・ブリーンを偲んで 188
原っぱが死んだ 191
雑草取りはいたしません 195
聖人伝 196
ハンナおばあちゃん 199
聖ヨハネとわたしのおばあちゃん——頌歌 202
ホウスの丘で 208
スノードロップ 210
コーダ——灰黒色《ペインズ・グレー》 212

ジェオマンティック／土占い　より
贈りもの　216
島　217
海の祠　218
最後の教訓　220
メモリー・スティック　222
嵐　223
詩　224
年譜　226
ポーラ・ミーハンの詩についてもっと知りたい人のための読書リスト　230
ポーラ・ミーハンの魔法を解く鍵　あとがきにかえて　236

装幀　井原靖章
装画　著者

まるで魔法のように　*AS IF BY MAGIC*

冬の刻印を受けた男 *The Man Who Was Marked by Winter* より

泉　Well

わたしはこの小道を知っている　目ではなく魔法の力で。
わたしのうしろには　丘の斜面に立つ小屋の明かりが
軌道をはずれた星のよう。月が欠けるのは速く
白い霜が草の葉一枚一枚に　ルーン文字を刻む。
この小道はよく踏み固められている。木イチゴや
花咲くブラックソーンの脇を　バケツをひきずって歩く。
わたしはこの小道を知っている　目ではなく魔法の力で。
次の朝　乱れた服のままで家へ戻っても
わたしには言葉にできない　泉でなにが起きたのか。
地球の腹の底深く煮えたぎる泉
その源を守る聖霊が性の魔法をわたしにかけた

そう説明してもあなたは相手にしてくれない
たとえ見せても同じこと
バケツの底に散らばったものたちを——金色の下弦の月
銀色に光る七つ星　我が家の玄関灯
窓際で夜の闇を見つめるあなたの顔。

巻貝を買いに

Buying Winkles

母さんが　わたしに六ペンス硬貨を渡しながら言った
「さあ　急いでお行き。途中で知らない人に
話しかけたりしないこと。」　電球が切れた階段を
お化けに会わないよう　急いで駆けおり
ガーディナー通りに出たら　ほっと一安心。
高い家々の　屋根の隙間から見える空に
月が見えたら　もうけもの　星が出てたってそうだ
雨でも　わたしは幸せ——だって　巻貝が
まるで夜空のように　濡れて
青く輝くんだから。六ペンス硬貨をぎゅっと握りしめ
舗道の割れ目を　ひとつずつ飛び越えて

敷居のところにいる女たちや　戸口に
たむろする人たちに　手を振りながら
飲みに行く男たちの間を縫うように　うきうきと走っていく。

あの人はいつも　ローズボール・バーの外の
橙色の木わくに座っていた
前には　巻貝入り手桶をどっさり乗せた乳母車。
バーのドアがさっと開くたびに
お酒と男たちの匂いが漏れて
金色の鏡に映る光が見える。
暖かい部屋の中にいる人たち皆が　羨ましかったなぁ。

もう一回　ちゃんとしたやり方をみせてよ　と頼んだ。
あの人はピンをショールから外して　こう言った——
「蓋を開けること。そう。手応えがあるまで　ぐいっと
ピンを突き刺す　それから　ねじって出す。
いいかい　そうっとだよ。」　おまけにくれた　とびきり甘い巻貝が

海を　わたしに運んできてくれた。
「母さんに伝えておくれ　今朝獲ったばかりの　生きのいい巻貝だって。」

わたしは　巻貝で膨らんだ
新聞紙をねじった包みを
松明みたいにかかげながら　誇らしく　家に帰った。

あの女《ひと》の生き方《パターン》

The Pattern

あの女《ひと》から受け継いだものなんて　ほとんどない
ミシンに　結婚指輪
一束の写真に　喧嘩したあげく
平手打ちされた頬の痛み

険悪になり　お互いに疎ましくなったときのこと。
長女の宿命だよ　そう言う人もいる。
今になって思う　わたしが大人になるまで　あの女《ひと》には
生きていて欲しかった。わたしたち　やり直せたかも

しれないから　「母」や「妻」
「姉」や「娘」なんて括りなしに　女同士の絆を結ぶこと。

四十二歳で　あの女《ひと》は　神のみぞ知る場所へと旅立った。
わたしは　あの女《ひと》のお墓を再訪すらしていない。

＊

あの女《ひと》　まず始めはサンライト石鹸で　床を磨いた
腕が届く範囲ずつに区切って。膝が痛くなってくると
紅茶一杯分　休む　それから次にとりかかったのは
玄関口　そこにはラベンダーの香りの艶出し液。匂いが
アパートの奥の　わたしたちの居場所にまで　広がってくると
こどもたちは　一斉に寝室へと逃げ込んだものだった。

ピカピカになるまで　ワックスを磨きあげたとき
あの女《ひと》は　床に映し出された自分の顔を見ただろうか。
真実の自分が放つ光を　少しでも捉えられただろうか。
わたしの鏡がわたしを映すように　あの女《ひと》の鏡も映しただろうか。

肩をすくめた彼女が　そのまま続けるのに任せよう
あの女《ひと》が跪いていたのは歴史のせいだと　わかっているから。
あの女《ひと》が　さあおいでと　わたしたちを呼ぶと
靴下を履いた足で　子どもたちは床を滑りまわった。神妙な面持ちの
惑星となって　複雑な弧を描きながら　あの女《ひと》のまわりを回った。

＊

あの女《ひと》は　真紅の生地の上に屈みこんでいる
妹や弟たちは　もうとっくにベッドの中。
夏の終わり　暖炉に火を入れなければ肌寒い季節
あの女《ひと》は　仄暗くなる中で針仕事をしている
古いワンピースを　わたし用に仕立て直すため。
新学期の前夜のことだった。

＊

「ラムウール一〇〇%だからね。まだまだ着られるよ。
おまえの父さんとデートしたときに着てたってこと　知ってるね。
友だちの家にいる　ってことになっていたんだけど
街で　おまえのおじいちゃんに見つかっちゃったんだ。
あいつったら　わたしの髪を摑んで――今のおまえくらい長かったんだけど――
引っぱったのさ　街のみんなが見てる前で。
父さんのことを　ありったけの言葉で罵った
クソガキ！　ばか野郎ってね。あいつがわたしのことを
何て呼んだかは　想像がつくよね。わたしの頭を
台所の水栓の下に　ぐいっと押し込むと　タワシを手に
食器用の洗剤で　凍るくらいに冷たい水を流しながら
口紅とマスカラをすっかり擦り落としてしまった。
ひどいもんだね　だけど本当に暴君だったんだよ　おまえのおじいちゃんは。
わたしだったら　おまえの髪一本でも傷つけようなんてやつは　絶対容赦しないね。」

＊

その夜　あの女《ひと》はワンピースを仕上げるのに
ほとんど寝なかったはず。翌朝　それは暖炉の前に吊るしてあって
テーブルの上には　三冊の新品の手習い帳と　ピカピカの銅合金の
ペン先と　銀鎖が付いた道中のお守り《セント・クリストファー》のペンダント

まるでわたしが　未知の王国を探す冒険に旅立つみたいに。
折角のワンピースだったけど　着てありがたいとは思えなかった。
わたしにとって　それは貧乏のしるし　家の貧しさを
思い知らされる　恥ずかしいお下がり。成長が速かったわたしは

クリスマスまでに　次の順番へと譲り渡した。わたしは　アパートの
外の世界を調査した　毎日の学校帰りに区画ごと調べていって
町の街路が　広場につながり　ダイヤモンド形分岐になるのを
わくわくしながら見つけた。わたしは　時間を忘れて

リフィー川が滔々と海に流れていくさまや

船の行き来するさまを　飽かず眺め
きっといつの日か　わたしを
ザンジバルやボンベイやエチオピアの大地に　運んでくれると思っていた。

＊

フェニックス公園で撮った　あの女《ひと》の写真が一枚
バラに囲まれたベンチに　ひとり座っている姿は
まるでフランス式庭園に生まれついたみたい。
あの女《ひと》は　こちらに視線を向けているけど
まるで人間がカメラを構えていることなど　気づいていないかのように
すっかり物思いに囚われていて　外の世界は
もはや幻となり　消え去っている。あの女《ひと》は
八ヶ月の身重　それが最後の子供だった。

＊

あの女《ひと》のスチール製編み針が　キラキラ光り　カチカチ鳴った
他にする音といえば　暖炉にくべた木炭の燃え落ちる音
時おり聞こえる　あの女《ひと》のつぶやき声
模様《パターン》編みが難しくなると出てきたっけ。
あの女《ひと》は地味な色合いが好みだった
モスグリーン　マスタードイエローに　ベージュ。

わたしの夢は　綺麗な色の無地の服
欲しくて欲しくて　とうとう口に出していた。

ときどきわたしは　暖炉のそばのあの女《ひと》の前で
小一時間も跪いていなければならなかった
伸ばした両腕にかけた毛糸のかせを
あの女《ひと》が巻き取っていく　そのあいだ　ずっと。
わたしが凧みたいに高く上がりすぎて
天井に映る影たちの中を泳ぎまわったり
チラチラと光の反射する水辺の魚になって

浮遊したりすると　あの女《ひと》がぐっと手繰り寄せて
わたしを自分の膝元へ引き戻したものだった。

あの女《ひと》は　黒い瞳に暖炉の炎の舌を映しながら
こう言ったものだ。「もうそろそろ　おまえにも
真っ当な生き方《パターン》に従うことを　教えなくっちゃいけないね。」

子守唄　Lullaby

ブレンダ・ミーハンに

妹が眠っている
夢の中で寝返って
かすかな寝言をいっている

妹は子どもを揺らしている
ライラックの木陰
花を咲かせた一本の木の下で

庭は春
妹は眠っている。

雨が降っている
フィングラス*の町の家々の
黒い屋根の上

打ちつける雨が語るのは
海の上の時の物語
川の上の月の物語

そして雨は勢いよく樋をくだり
深い溝の中に消える。

妹は眠っている
その手には花がいっぱい
子どものために摘んだ花

子どもは夢を見ている
妹の子宮の中で　高い枝の上の

星々に近い場所で揺られながら
その場所で　妹は眠っている
妹の小さな子どもの中で。

＊ダブリン市北西のはずれの住宅・工業地域。ミーハン（六人きょうだいの長女）が十代の頃、一家で市の中心街からここへ引っ越した。

彼女のヘロイン・ドリーム

Her Heroin Dream

彼女が夢の中で見たのは　中国製のケバケバしい
金ピカ卵[*1]みたいな月。卵がかえって
生まれ出たドラゴンは　地上に降りてくる　螺旋を描き
ガーネットやエメラルド色の火花の尾を引きながら
甲高い叫び声とともに　オゾン層を切り裂くように下ってくる
ドラゴンの栄光に　市民たちの目はくらむ。

夜の闇の真ん中で　太陽や激しく輝く超新星よりも
大きな光が燃え上がる。

リフィー川と二つの運河は消え去って

ダブリン湾は蒸発　干上がった浜に残るのは
伊勢エビの類に　カニや海の巻き貝たち
死んだ水夫の靴や　難破船の残骸から
サハラ砂漠の砂中に埋めた放射性廃棄物まで。
街の建物は基部まで焦げて真っ黒
窓は溶け　鉄道の線路はねじ曲がる
落下して粉々になったレンガが　街の通りに降ってくる
ダルウィーシュ[*2]の踊りのように渦巻きながら。

街の木々は一本また一本と松明に変わっていき
彼の到来を祝う。

彼女は独房で待っている。
彼はゆっくり入ってくる　若者の姿に化けて
彼の目はヒアシンスの青
肌はハルオミナエシの薄紅

唇はパルティア人[*3]の真紅。
彼は　後から彼女に迫る。すると
クンダリーニ[*4]のエネルギーが　背骨をまっすぐに登り
彼女の頭は吹き飛んで　開く花のよう。
ドラゴンの種は根付く　彼女の子宮の奥深く。
ドラゴンの本性が　彼女の血管中を駆けめぐる。

手を絡み合わせたまま　ふたりは独房から滑り出て
監獄の壁をするりと越え　新しい朝へと向かっていく
街の廃墟の中で戯れるため。

＊1　中国の伝統的な工芸品であるEgg Paintingつまり卵の殻に絵付けをしたものか、あるいは陶磁器の卵に描いた絵かのいずれかであろう。

＊2　スーフィー（イスラム神秘主義）の修道僧を指す言葉だが、彼らの中のメヴレヴィー教団は日本語では旋舞教団といわれ、スカートをはいた信者が音楽にあわせて、くるくると回転し踊るという宗教行為で知られる。これは祈りの手段であり、回転は宇宙の運行を表し、回転することで、神との一体化を図るというものである。教団の中心地はルーミー最期の地であるトルコのコンヤであり、墓廟

がある。

＊3　古代ペルシャの王朝の名で、全盛期の首都クテシフォンはこれを滅ぼしたササンペルシャの首都でもあり、古代オリエントのエキゾチックな魅力を意味する語として使われている。

＊4　ヒンドゥーの伝統において、人体内に存在するとされる根源的な生命エネルギーを意味する言葉。

年次大会　Ard Fheis

立ち込める煙草の煙を貫いて
高窓から荘厳な光が
ハイヒールの傷跡や煙草の焦げ跡のある
床板に向かって射している

でも今そこは金色の陽だまりで　日光を浴びるのに最高。
ワタシハ魚
水ハ　ワタシダケノ遊ビ場。
くっきりしていた部屋の焦点がぼやけていき
人々の交わす会話　わたしたちが誰で

必要なものは何かといった話の　すべてが意味を失い
副旋律に変わると　音の逆流が起こって
詩を暗誦する子どもたちがいる

部屋になる。わたしは九歳　それとも十歳
セントラル・モデル・スクールの生徒で
シャノン先生が指揮棒を振って
拍子を取っている。

詩の言葉に揺られるうちに
亡霊の世界に入ってしまったのか　わたしは
蜘蛛の巣だらけで　うすら寒い地下倉庫の中へ
そこに散らばるのはわたしたちが父祖を偲ぶ物たち

ぼろぼろになった「星と鋤[*1]」
血のシミが付いた「宣言[*2]」
傷を負って椅子に縛り付けられているコノリー[*3]と

キルメイナム監獄に咲く五月の花。

わたしは父の後を追って歩いていく
雨の日曜日の国立博物館の中
魔除けの首環《トルク》に　渦巻きの浮き彫り
石で作られたシーラナギグ[*4]の甘美な性器。

そして　どこかに感じるのは　わたしを
寝かしつける母の微かな痕跡
全てを触覚に頼っていて
おそらく平和だった新生児のころ。

ふわふわと心が浮かんでいった先は　九月の夜で
仮大聖堂では少女たちが並んで祈りを捧げている
聖体顕示台にじっと崇拝の眼差しを向け
乳香とろうそくの光に恍惚としている。

われらの命　慰め　および望み［なるマリア］
われら逐謫《ちくたく》の身なるイヴの子なれば
御身に向かいて呼ばわり
この涙の谷に泣き叫びて
ひたすら仰ぎ望み奉る。*5

水底を蹴って上へと向かい　水面から
出ると　外はもう蛍光灯が点いていて
夢想するわたしは消滅してしまう。
結局のところ　そこはごく普通の部屋で

わたしたちはみな普通の人間。
みな外套の襟を立て　歩き出す
新月の浮かぶ我らが町の空に向かって
ひとつひとつ死を思わせるロザリオの珠を指で繰りながら。

決してわたしに話さないで　殉教者聖スティーブン*6が

聖体のパンを掌に持ち
秘密を守りぬくため
血が流れた街をすり抜けていく話なんて。

＊1　アイルランド共和国樹立を目指すジェームス・コノリーが率いた、アイルランド市民軍が用いていた旗のこと。

＊2　一九一六年のイースター蜂起（六日後にイギリス軍によって鎮圧）のさいに出された共和国宣言のこと。

＊3　ジェームス・コノリー。イースター蜂起の首謀者のひとりとして、キルメイナム監獄の庭で銃殺された。

＊4　主にアイルランドの古い教会や城に残る女性器を誇張した石の裸像彫刻のこと。「性器」（原文ではyoni）はヒンドゥー教の用語で子宮や膣を意味する。

＊5　カトリック教会で「サルベ・レジナ」と呼ばれる聖母賛歌の祈祷文の一部。日本語訳は、カルメル修道会発行の『祈りの友』（サンパウロ、一九八〇年刊）よりの引用。

＊6　初期キリスト教の聖人で、記念日が十二月二十六日であることはカトリック世界の共通認識だが、アイルランドでは彼の隠れ場所を伝えた小鳥のミソサザイを裏切り者とする伝承とも結びついている。

グラナードの聖母像*は語る

The Statue of the Virgin at Granard Speaks

ここは　今みたいにひどい寒さになることがあるの
十一月の風が州境を越えて吹き抜けるから。
風の中の氷の粒が冷たくて　骨の髄までこたえるんだ。
町はすっかり寝静まって　夢を見ているし
魔物たちでさえ地中に戻っていった　そしてわたしは
この小さな岩屋《グロット》の中で立ち尽くすばかり
徹夜で見張る苦痛を和らげてくれる　恒星や惑星すらもない。

遠吠えはいつまでもやまない。木々が
跳ね返り悶え苦しんでいる姿は　まるで束縛を逃れて
飛び立とうとするかのよう――幽霊になった航海者たちが

風に乗って宣戦布告を運んでいく
守備隊の町　城壁に囲まれた町　ユダヤ人街へ
そこでは　男たちがおたがいを駆り出して
神をさまざまな名前で呼んでは祈っている
我らが死の戦術　夜襲作戦に祝福あれと。
もっと近場では　死にかけた湖の上を
風が吹き渡っていく。魚が溺れているらしい。
淀んだ水の匂いに　遠く離れた農場からの
泥炭の煙が混じった匂いを　わたしは嗅いでいる。

人はわたしをマリアと呼ぶ——祝福された　聖なる母　マリア。
わたしは十字架にかけられたひとりの男の神話と結びつけられている
惨劇と落下　そして再びの落下
いばらの王冠　手首と足首に
打たれた鉄釘　神聖な血の流れる心臓。
わたしはこのすべての悲しみの「母」と呼ばれている
死す運命の男と結ばれたわけではなかったのに。

みんながわたしの前でひざまずく　そしてかれらの祈りは
一瞬　燃え上がる焚き火の火花のように
舞い上がり　それから消える。

たまには　ここも美しくなる。春の季節や
初夏に。初聖体拝領式《コミュニオン》の衣装を着た少女たちは
ライバルたちを見劣りさせるほどすてき
生垣で咲き誇るシャクやサンザシの花たちとか
太陽が北に寄り光の揺れが長くなる季節に
あちこちの牧草地から漂う干し草のため刈り残されたイグサの香りも。

あるいは　地球そのものが結婚の季節だと呼びかけるような
真夏の結婚式の優雅さといったらない
できるなら　わたしだって石の衣装から自由になりたい
無垢なブルー　無垢な白
まるでそれらの色のために　子どもから空を奪ったかのような色。
わたしの本性は大声をあげている　肉体を持ちたい　人間の姿になって

ベッドを蜂蜜で汚し乱れてみたいと。

秋の埋葬でさえも　それなりの華麗な式典を見せてくれる。
生け垣にはいっぱいの果実が重く垂れさがる
野生リンゴ　リンボク　桑にローズヒップ
空の雲が東に向かい　梨の香りが流れるのは
風で落ちた果実が果樹園の丈の伸びた草に隠れているか
どこかの年寄りが先祖の眠る大地に降ろされたから。死は
季節のお芝居用台本に書かれた　もうひとつの収穫に過ぎない。

でも今日　この「死者の日」の
弔《キーニング》いを叫ぶ風には　まったく休止というものがない。
たとえあらゆる死体が墓地から蘇って
高まる強風の仲間に入り　骨の不協和音を鳴らし
空に向かって審判を願い　町の良心的存在であることからの解放を
願ったとしても　わたしは驚かない。

このような夜に　思い出すのは
ここにやってきた十五歳になるかならないかの女の子のこと
その子はわたしの足下にひとり横たわる
手を握ってくれる助産婦や医者や友人もいなかったのだ
そして　夜の闇の中にその子の秘密を押し出した
小さなスキャンダルや取り引き事　破られた誓いや祈りや約束の
数々を包みこんだ町から　遠く離れたこの場所で
そして　息も絶え絶えのその子がわたしに向かって叫んだけれど
わたしは動かなかった
わたしはその子を助けるために指一本上げなかった
わたしは天に取り次ぐことをしなかった
神の耳に魔法の言葉をささやきもしなかった。

ああ　太陽よ

こんな夜には　わたしは　冬至に至るまでの
そして日が長くなり始めるまでの日々を数える

わたしたちの愚かなダンスの中心よ

燃える石の心よ
わたしたちみなを溶かして作られた母よ
わたしの声を聞き届け　哀れみを垂れたまえ。

＊一九八四年一月、十五歳のアン・ロベットが、グラナード市郊外の丘陵にある聖母を祀る洞窟で密かに出産した。通行人に発見された時には子は息絶えており、少女自身もその日のうちに病院で息を引き取った。そのニュースは国中に衝撃を与え、カトリック社会における婚外出産や人工中絶の問題が明るみに出るきっかけとなった。

ヨーク通りを描いた三つの絵[*1]

アイタ・ケリーに

Three Paintings of York Street

パブが閉まる前に

急いで。月があの雲の影に
隠れる前に　月の光の塵を救い出すこと。
ショッピング・センターと
学生寮と　手を繋いでセント・スティーヴンズ・グリーンへ
歩いていくあのふたり連れの上に　ふりかけて。
ほら　速く。ラストオーダーの声と　酔っ払いの叫び声に遅れずに
息を殺している通りから　息を盗んで
月の光の塵を　ひとつひとつ窓の下へ　愛情をこめながら吹きかけること
影の部分を夜から取り戻すために。

女をひとり描いて　あなたのキャンバスに辛味を加えるため
安い貸し部屋《テネメント》で　静かに泣いている姿を。
それも　あなたの指が振りまく月の光の塵が
彼女の涙を祝福に変えるまでのこと。
飛び散った　濃いブルーの絵の具の
すぐそばに　黒猫が三匹
猫たちは待っている……辛抱しながら？
御影石の段の上で
月を見つめる彼らの目に
琥珀そっくりな色を　あなたが見つけ出すまで。

救世軍宿舎《ホステル》の裏で遺体で発見された女[*2]

この絵を描くには　外に出なくてはだめ。
今夜はひどく寒い

けれど　あなたは出かけなくてはいけない
でっちあげることなんて　できない。

すばやくスケッチを済ませたら
そのあと　アトリエで色を混ぜ合わせればいい
紫色や　擦り傷のぞっとする緑色
彼女の切れた口元の　毒々しい真紅を。

救いになるのは　彼女の背骨の形が
人生の始まりを思い出す線で　描かれること
まるで　最後の最後に　彼女が胎児に戻り
もう一度　母の体内を　ごうごうと
音を立てて流れる血や　心臓の鼓動が
響くのに　聴き入っていたかのように
痛みを越える七つ目の波[*3]の中で　それとも
あなたの憐れみで溺れ死ぬよりも前に。

舗道の丸石を描くとき　あなたの手は揺るがない。
そのために求められるのは修練と　習慣のもたらす安定
路地を区切り　左右対称に作られた
レンガ塀も　同じこと
その高い塀こそが光を遮り　暗闇に隠したのだ
彼女をだいなしにした野獣の姿を。

医科大学[*4]の駐車場で遊ぶヨーク通りの子どもたち

感傷性とか　耽溺についてとかいう
画題を与えられた　あなたは悩んでいる
でも　あなたが仕事にとりかかると
子どもたちが図案になる
そうなれば　あなたはトルコのバザールで
織物を織っているようなもの　片方の目は
息子がよろけて舗装道路に倒れないよう　見守りながら

あなたの指は　それぞれに旋回しながら
縦糸と横糸の最適な張り具合を見つけて　先へ進む。
あなたの心は　サバンナを駆け抜けるガゼルのように
大股でゆったりと走れるし
シロイワヤギのように敏捷に
切り立つ崖の斜面で　思わぬ足がかりを得ることだってできる
あるいは　イルカになって
緑色の海の深みで　角柱のように聳える
海嶺のあいだを　はね泳ぐかもしれない。

作業を終えて

あなたは　絵筆を綺麗に洗いながら　不思議に思うのだ
なぜ　キャンバス上に子どもの姿が
見えないのか　なぜ　自転車もなく
スケートボードも　跳び縄も
駐車場もないのか　なぜ　あなたの生み出す色が
すべて原色で　こんなにも澄んでいるのか
なぜ　あなたの図案の中で形は変わり続けるのか

まるで　突然歌い出しかねない
気まぐれな精霊たちのように。

＊1　ダブリン市内セント・スティーヴンズ・グリーンに近い労働者階級の住む地域で、古くは十八世紀半ばに建てられた煉瓦造りの邸宅街が、二十世紀初頭までには細かく分割された共同住宅《テネメント》となり、さらにそれが荒廃して、市内最後のスラム街とみられていたが、二〇〇六年に取り壊され、再開発された。
＊2　殺人者の手で殺された女性の姿をキャンバス上に描き出すのに必要なのは、生半可な同情や憐憫であってはならないことが切実に伝わる詩で、一九七四年に設立されたアイルランドの家庭内暴力犯罪被害女性の支援団体 Women's Aid の刊行物にも掲載された。
＊3　スティングによる一九八五年のヒット曲「愛は第七波（Love Is the Seventh Wave）」の歌詞、「君は感受性の帝国で／手に入れたすべてのものを統治する／街のすべて　国のすべて／君の行く手に起きるすべてのものを／でも　もっと深い波があるんだ」を思い出させることにより、画家の同情が否定される効果がある。
＊4　ヨーク通りにある王立外科医学院（私立医科大学）のことで、敷地拡充のため、隣接するダブリン市所有の古い共同住宅を買い上げ、その資金で市が再開発を進めたことは記憶に新しい。詩の中では、大学の駐車場を遊び場とする子どもたちの活き活きとした姿が、親である画家の作品を生んでいる。

星明りで家路に　Home by Starlight

リサ・ステップに

どちらが好みか　とのお尋ねですね——
星そのものか　それとも
家路の水たまりに映る星の鏡像かと。
星の光は月明りのように力強く
夜の空気は冷たく　静かです。
近道をしましょう　草の生い茂る円形土塁《ラース》を横切り
でたらめに撒き散らされたような古びた岩の
間をぬって　でも長い蔦の巻きひげを引っこ抜き
木苺の間を切り開き進んだ先で　あなたが
見いだすのは　さまざまな図形です　あなたは

お分かりになるでしょう　大昔のわたしたちが見たのも
今と同じ星座　星の強い輝きに驚き
その規則的な動きから
一年ごとの星の運行周期を見つけました。
それがどんなだったか　覚えていますか？
星の学校では　この天界の海に棲まう
空の獣たちが連結するきざしを調べるうちに
いくつもの季節が過ぎていきました。
ある真冬に　わたしたちが追跡した
奇妙な光のことを覚えていますか？

のちに人々が　救い主《クリストス》
それに恐怖とかロゴスの血の犠牲と呼んだ　あの光を？
いかに　わたしたちの作り上げた芸術が失墜し
穏やかな仲間たちが大勢拷問をうけ　火あぶりにされたか？
いかに　旅路のためにわたしたちが作った歌が
失われ　言語そのものも失われたか　わたしたちが

火花のように風に撒き散らされたあの時に？　だから
あなたはこう尋ねたらいいのです——光　それとも水たまりに
映る光の　どちらが確かな道づれなのか　幾百万回も昇る
太陽の光に頼りつつ　家路をたどるあなたにとって。

空を読む

Reading the Sky

わたしたちは　静かな松の木陰の
イヌホオズキやノコギリソウの中に立ち
紫色の空を飛ぶ野生の雁《ワイルドギース》＊たちが

空に描く暗号を　読み解こうとしていた。
南へ行け　南へ行けと　雁たちは告げる
冬が　すぐそこまで来ているからと。

金色に輝く湖の上に　かかった
月が　ほんの少しのあいだ
金色の鎌そのものになる。

夕方の光が薄れるにつれて　輝きを増す
星々の角度を測りながら
星座に新しい名前を付けていく　わたしたち

飛び去っていく雁に因んで　名を付けたのは
ひとりが去り
ひとりが残ると知っていたから。

たがいに異なる運命をあらわそうと
共通の言葉を探し求めていたわたしたち
未来のあなたは永遠の放浪者

わたしは待つ身　冬の手前で
暗闇を阻止し続けましょう
あなたが　逃げおおせるように。

＊十六世紀から十八世紀にかけてヨーロッパ大陸で活躍したアイルランド人の傭兵をも指す。アイルランド人にとって海外移住や離散は宿命のように感じられており、この詩は野生の雁の姿にその思いを重ねている。

トゥー・バック・ティム・フロム・ティンブクトゥ

Two Buck Tim from Timbuctoo

わたしがそれを見つけたのは　穀物倉の中
裏の切妻が崩れて落ちた瓦礫の下
壊れたレコードの巣の中で　奇跡的に無傷だったＳＰ盤
まるで夢の中の雌鶏が　温め孵させたかのような
異国趣味の若い雌鶏。

そのレコードを持って帰り　しっかり拭ってから
回転盤に乗せると　ノイズ混じりの楽曲が
小屋中に響きわたった。レコードの狭い溝から
異国の地下での眠りから目覚めて　ぞろぞろ這い出した亡霊たちが
夕暮れせまる台所でフォックス・トロットを踊りだした。

四〇年代のリートリムといえば　今のリートリムとまったく変わらぬ
不景気だったはず　若者たちが群れをなして故郷を離れ
今と同じように　冬中　雨がずっと降り続いてた。
やがて　ひとり取り残された老女がじっとわが手を見ながら　聴いていたのが
ブロードウェイ・ベルボーイズの「トゥー・バック・ティム・フロム・ティンブクトゥ」

レコードが回転するたびに　彼女は夢に見た　戻ってきた娘たちの
揺れるスカートや　ランプの灯に照らされた顔を。
今年の冬　いつになく　わたしはふさぎ込んでいる。
毎日決まりきった仕事をしていると　この世ならぬ呪文《マントラ》が
頭の中で回りだす——トゥー・バック・ティム・フロム・ティンブクトゥ

トゥー・バック・ティム・フロム・ティンブクトゥ。そのせいで夜も眠れない。
部屋から部屋へうろつきまわる。あの人たちが演奏してるところを見たい。
わたしも　頭からヴェールをはぎ取って飛び出し　レコードの盤面へ
螺旋降下先は雨に洗われた道路　相手になってくれる亡霊に

リードされて踊り　ついには移民のひとりになってしまいたい。

コーダ／最終章

Coda

あなたが開く　嫌いな本
それはわたしという本。
読めば読むほど
印字は薄くなり
ついには文字がかすれ
白い巣だけが　ページの枠に守られて残る。

わたしは窓辺の植木箱を捨ててしまった
緑色のアブラムシに食い尽くされて
葉っぱが透明になったから。
帰宅し　あなたが見つけるのは

ゼラニウムの幽霊　幽霊キンレンカ
窓の敷居に住みついている
白い蝶の一群。　わたしはといえば

踵を縛られて　食料貯蔵室の中に吊るされた
食用にされる鹿のように皮を剝ぎ取られ
皮は無造作に床の上に置かれている。
もしお望みなら　あなたが皮を身にまとうことも可能
ただし　肉はいろいろな箇所　特に四肢の部分で
皮にくっついていて離れない。それでも
尖った火打ち石さえあれば　目的は達せられる。

皮は身体に心地良くぴったり合うはず。
フランス式の縫い目とボタンホールに関する
覚え書きがタンスの中にしまってある
あなたが部分補正しなくちゃいけないときのために。
問題になるのは胸の部分

その作業のためには　極細の刺繍糸と
ドイツ製鋼の新しくてよく切れるはさみが必要。
皮の切れっ端は　他のどこかで役に立つかもしれないから。

わたしの残りはガスの温度目盛三*に合わせたオーブンで焼いて。
（わたしの背中の筋張った筋肉のこと　知ってるでしょ！）
ときどきタレをかけるのを忘れないで。
あなたの今の恋人をお茶に誘ったりして　家に連れて来ないでね
一人分しかないんだから。それに　わたしは
あなたにとってやっと食べられるようになった味　イカとか
酢漬けのライムみたいに。わたしはぐずぐずなんかしない——
わたしがあなたなら一番早いフェリーに乗るわね
さもないと蛆虫たちがわたしを餌食にしてしまうから。

あなたが見つけるのは　晒されて空っぽになったわたし
ひんやりした食料貯蔵庫の樽木の間で　屋根のスレートは吹き飛ばされて
わたしの骨のすき間には庭の緑の光が巣を作っているはず。

＊オーブンの温度表記で三のダイヤル、すなわち一六五度程度の中火でゆっくり焼き上げることを示している。

納屋で彼がする仕事への、わたしの愛

My Love about his Business in the Barn

あなたは　納屋でなにやらいじくってる
豆の蔓が巻きついて登るようにした　間に合わせの工夫
わたしたちふたりの暮らしがそうみたいに
青い梱包用の紐と金網の破片を　なんとか繋ぎとめた仕掛け。

器用でもない便利屋さん　自分たちの世界が崩れそうなのに
これまでだって　たびたびそうなって大騒動。
仰々しく　後ろポケットから長い紐をとり出すと
ウディ・ガスリー[*1]の歌なんかを口ずさみながら　くくりつけてるのは
まぐさ石に石　スレートに垂木

「風がおさまってるうちは　これで間に合うだろう。」
こうやってわたしは　危険と背中合わせに暮らす術を身につけた
うっかり横目で見ようものなら　床に崩れ落ちる棚とか

もたれただけで倒れる
壁とか　ロープ橋でしか渡れない
台所の床の大きな亀裂とか　わたしたちのベッド脇の
大西洋からの風を通す　壁に開いた穴とか。

その穴のせいで嵐の夜には　壁も天井までもびしょぬれ。
辛口のシャンパンと硫黄の悪臭を放ちながら　家に帰ってきた日には
わたしは勘づいてる　あなたは隠れて女と遊んできたので
向こうの湿地で骨折ってきたんじゃないと。

だから　驚くまでもないと思う
この晴れた五月の朝　フィンチのすてきな囀りがのどかさを
添える朝に　あなたが納屋の中でなにかやってるのを見て

わたしが急いで　聖水とウサギの足のお守り[*2]を取りにいっても?
目を固く閉じたわたしが待っているのが
大爆発と　そのあとの静寂
それから　足下が地滑りした後の　ほっとする余震と
昼が　星々と深い宇宙の夜に変わるときだとしても?

＊1　アメリカのフォークシンガー・ソングライター。一九三〇年代の大不況下で厳しい生活に苦しむ人々に寄り添い、旅をしながらプロテストソングを歌い続け、ボブ・ディランなどに影響を及ぼした。
＊2　「島の埋葬」の詩中で描かれる伝承を参照。

ツークツワンク[1]——追い詰められて

Zugzwang

女が流し台で水差しに満たすのは
花のための水　モクセイソウ《誘惑の香》とワタスギギク《防虫の香》は
その香りと波立つ姿が
スイートピー《愛人》とヒモゲイトウ《愛は血を流し嘘をつく》は　それぞれの名が
家庭内の悲劇のしるし——生傷。

男はチェス盤から視線を上げる
盤上で　有名なカパブランカ[2]の一戦を再現中。
視界に捉えたのは　見られているとも気づかずに
扉と花で縁取られ　独り言をつぶやいている女。

彼女が　気分転換に着たワンピースの
色は海の青　太陽の光が
台所一杯に広がるにつれて　緑色にあせる。
向こうには窓。空はまるで海のよう
宇宙船やキューバ葉巻みたいな形の雲が
山に向かって流れていく。
男はオランダ絵画を思い浮かべる　豪商の屋敷の
中で『洗濯する女』『食卓を
整える女』『子供にかがみ込む女』
そして想像するのだ　まだ書きかけの油絵——
『流し台で花にかこまれる女』
イーゼルに向かい　絵の具とオイルを混ぜているのは彼自身
北に面し運河を見下ろすアトリエ
運河では船が閘門[*3]で順番を待つ
ゾイダー海では荒波がヨットを揺らす。
風景は北極光に覆われる。

女は二つの水差しに花を生ける。
死んだ母親の声が　このごろ
乾燥機の中で回る洗濯物に混じって　聞こえてくる
ダカラ言ッタデショ、ダカラ言ッタデショ、ダカラ言ッタデショ。
テレビでは　ビジネススーツを着た女たちが
白い歯を見せながら　暗号化されたメッセージを伝えている
彼女たちの言葉に隠されているのは　脱出経路
他の視聴者に気づかれぬよう
ニュースを読むふりをしている。兵士たちが
この先の道路にバリケードを築きました
死にもの狂いの犯人と　その人質を捕らえるために
国内全域で展開している捜査の一環です。

左右の手に水差しを持って　女はテーブルの方に移動。
すると男は夢想する　クレタ島のモザイク画の中へ
そのまま女が入っていった姿を　古代ミノアの儀式の巫女か
雄牛を神と祀る信徒　そして彼はモザイク職人で

彼の図案にぴったり合う　緑を帯びた深い青を
見つけようと指先で千個ものかけらを
探り続ける。女の顔と
胸には　純金のモザイクタイルを使おう
その色こそ人間の肌色に合致すると
錬金術師たちは考えた。男は　こだわったりしない

先週　真夜中に目を覚ましたら
女がいなくなっていたことなどには。見つけたとき
彼女は庭で穴を掘っていて　激しい雨の打ち付ける中
寝間着はぐっしょりと濡れ　腕にも
脚にも泥が飛び散っていた。
女の説明は　愛した人　失くした人たちの
近くにいたかった
土の中では　皆とても寒くて寂しくて
生きている者の温かみを欲しがっているから。

女は花をテーブルに置く。
もはや　いつでも　女は自制を捨てて
自由降下の恍惚に身を委ねるだろう。
わたしたちは皆　気づいている　落ちきったら
こなごなに砕け散ることを。
破片の一つ一つが　映し出すことだろう　部屋を　花々を
チェス盤を　そして　女の愛するかなたの空が
穏やかな海のようにひたひたと山に寄せていくさまを。

＊1　チェスで自分の不利になるようなコマの動きしかできない局面。
＊2　キューバのチェスプレーヤー。世界チャンピオン（一九二一－二七）。
＊3　運河で水門に挟まれ水位を上下させることが出来る部分。

子を葬る

Child Burial

旅立ちの衣装は　わたしがじっくり選んだもの
おまえのお気に入りの　ストライプのシャツに
ブルーのコットン・パンツ
衣装からは　焚べた薪の匂い　十月の匂い
それに　おまえの香りもした
手紡ぎウールで編んだセーターを選んだのは
暖かく柔らかだったから　だって
暗い地下の世界は　とても寒くて冷たい

おまえには　光がまったく届かないから
野鳥が飛び交う道も　おまえにはわからない

花々の名前も
魚や生き物たちの名前も　おまえは知らないまま

おまえは　もう感じなくなる
太陽の存在や　その恵みを

わたしの子羊　わたしの子牛　わたしの子鶩
わたしの子狐　わたしの子山羊　わたしのひな鳥

わたしの赤ん坊　わたしの子馬
時間を巻き戻して　もう一度
おまえを宿したい　わたしの子宮の中　羊水の寝床に

もっと巻き戻して

臨月から九ヶ月間さかのぼり
受精の一瞬にまで　戻りたい

おまえが　肉体を得ることを選び
我が中なる言葉となった　その瞬間にまで

できるものなら　取り消したい　おまえを宿した
暑い夜の愛の祝宴も

わたしは　ひとりで旅に出よう
苔むした静かな場所へ

おまえは滴り落ちる　わたしから大地の中へ
鮮やかな赤い雫となって　一滴　また一滴と

黒い分身　The Dark Twin

ショニー・ラムに

あなたは信じている
あなたが窓に目を向けると　瞳が収縮することを――
ピンクの服を着た少女が　窓の外を通り過ぎる
知っている少女かどうか定かではない
あなたが抱いている女が　あなたの瞳を覗き込むと
いつの日か　道路の先で歴史が作られるはずと　あなたはいう。
彼女はあなたに告げる　イソギンチャクと瞳は同じ音を出す
ピュー　ピュルという音が　潮だまりの静けさの
中でじっと耳を澄ますと　聞こえてくると。

そして　あなたは信じている
あなたが抱きしめているあいだ　彼女が何度も何度も
あなたの瞳を覗き込むだろうことを。あなたが蓄えた智恵を
癒しの儀式の中で示すがいい。あなたの両手は動く
彼女の黒い姿態をなぞるように。彼女はあなたを拒めない。
かもめが空を横切り　教会の鐘が朝一番のミサを告げている。
あなたにはわかっている　彼女があなたを求めるのは
彼女があなたの黒い分身だからだと。彼女の瞳にあなたの姿は映らない。
その瞳は　彼女自身が育った黒い水たまりのように
静まりかえっている。彼女が付けたあなたの名は　魔神ディアブロ。
もし　いまあなたが彼女の中に入ったなら　教えることもできる
歴史の真の姿を　彼女を形作った街のことを。
彼女は　後になって値段を告げ　安い買い物だったはずという。
彼女はふっかけたりしない。あなたも
値切りはせず　小銭をきっちり数えながら　彼女の掌の中に渡すだろう。
そして　あなたは信じている

彼女が戻ってきて　もう一度あなたを欲しがるだろうと——
自分自身の人生より　自身の暗さより　もっとあなたを。
それを確かにあなたはわかっている　彼女の　瞳越しに
ピンクの服を着た少女が通り過ぎるのを盗み見していながら。
あなたは彼女の上で動いている　あなたのおざなりな揺さぶりで
あなたは彼女を泣かせることになるだろう。
彼女は愛を受け入れることに慣れるだろうが　それでも
あなたは彼女にきっちり報酬を払わなければならない。

そして　あなたは信じている
朝になってすすり泣く彼女を　なだめることができると
彼女がもう一度　この世が
どのように黒い制服を着た男たちに屈するかを　あなたに語るとき。
あなたは信じる　彼女がかつて石壁に向かって立ち
男たちがライフルの撃鉄を起こし　射撃命令を待っている場面を経験したのを。
あなたは知っている　彼女がそこにいたのを。彼女を癒すことができるのもわかっている。
爆弾による火傷は　あなたが彼女を揺さぶって慰めれば楽になるだろう。

ズタズタに切られた脚だって　元どおりに治り　テンポの速いダンスも踊れるようになる。
彼女のすすり泣きは　子どもたちを育てるときの子守歌になるだろう。
それでも　あなたは彼女にきっちり報酬を払う義務がある。

そして　あなたはこのすべてを信じている
あなたが窓から視線を逸らす
そのとき　ピンクの服を着た少女が通り過ぎ
あなたの黒い分身の中に　あなたは入っていく。あなたの瞳孔は
拡張し　あなたの身体から出ていく息が
決して彼女に返済することのできない　一つの言葉となる。

冬の刻印を受けた男

The Man who was Marked by Winter

ブライダル・ヴェール滝へと　男は向かっていた
重い足取りで　土埃のあがる登り坂を。
五月も半ばを過ぎ　両肩や背中は　まるで挽臼に

すり潰されているような　暑さ。
一息ごとに溺れるほどの　息苦しさ。
そのとき　小川の濁流を越えた対岸に

見えたのは　幻影だったか　いまさらわかるはずもない。
男は見てしまったのだ　それで十分
突き出した岩棚の下の　暗い影の中に――

冬の痕跡　氷の透かし彫りを。もしも
追い着いていたなら　わたしたちが彼に教えただろう
川の深さと　水底の危険な流れを。

暑さのせいで　頭もおかしくなっていたにちがいない。
男は　服を脱ぎ捨てて　水の中へと歩み入った。
流れに足を掬われた男を

山の雪解け水が　川下へと押し流した。
彼を胸元に抱き寄せたのは　女　あの冬の獣。
女の瑪瑙の瞳に見つめられ　男はあきらめた。

言いなりになる男。女が男を押し倒す。
いったん気に入ったなら　女は男を幾度も味わったはず。
女が　男の本能と理性を真っ二つに裂いた。

だから　男は喜んで戻っていったことだろう　女の宮殿へ
あるいは彼女の寝床へと　正体が何であろうと　女の支配する
氷の王国で　永遠に暮らすことを　彼は望んだはず。

きっと女が飽きてしまったからに違いない　人間の男のやり方に。
川岸に投げ捨てられている彼を　わたしたちが見つけたのは
数時間後か　数年後　それとも数秒後だったか。男の目は
まっすぐに太陽を見つめていた。男の過去は　誰も足を踏み入れない
真っ白な雪原。心臓の下に残る
女の刻印　指五本分の切傷で――〈男奴隷〉

たね

Seed

春　初めての暖かい日に
希望の絶えた家の暗がりから
庭へと　わたしは歩み出る
嵐の被害を数えあげ　生き残ったものはないかと
探す。そして　去年の秋　たねを蒔いたまま
忘れていたルピナスを見つける
その花の一つ一つに　雨粒が宿るさまは
まるで和解のための贈り物　あるいは未来への約束
突然　感謝の念がこみあげる
もし神を信じていたのなら　祈りを捧げるところ。
でも　神は信じないから　わたしが祝福しよう

たねの力と　さりげなくて役に立つがまん強さを
それから　太陽の力と
隠れたわが地下世界との共謀を　祝福しよう
そして　幸運の星に感謝　ついに冬は終わったのだ。

睦言 *Pillow Talk* より

聖フランシスの幻になった父

ブレンダン・ケネリーに

My Father Perceived as a Vision of St. Francis

お隣の庭のまだらの馬が
明け方にいなないたので
すっかり夢から醒めてしまった。
ネクタイやセーターや秘密でいっぱいの
今では弟が使っている
久しぶりのこの小部屋。
玄関の石段に牛乳瓶のふれあう音
始発バスが停留所に止まった。
家中は寝静まったまま

父だけが起き出して。聞こえてくる
暖炉から灰を掻き出して

ケトルのコードを差し込んで
鼻歌をひとくさり。勝手口の錠をあけて
庭へ降りる気配。

もう秋もおしまい　初霜が
向こう三軒のスレート屋根を白く染めていた。
父はおもったよりも老けていて
髪はまっしろ
かがんだ姿が猫背なのに
はじめて気づいた
膝もよく曲がらないみたい。何をしているの？
こんなに早く　西の空にはまだ星が見えるのに？

そこへかれらがやってきた　鳥たち
大きいのや小さいの　いろんな色や形の鳥たちが
生け垣から　藪の茂みから
軒先から　納屋から

工業団地から　遠くの野原から
ダッパー・クロスのほうからも
ノース・ロードのどぶ川からさえ　やってきた。

父が両手を　さしあげ　ひろげて
パンくずを　投げあげると
庭いちめんが　パンデモーニアム。太陽が

オライリーさんちの煙突をくっきり見せた瞬間
父はにわかに光を放ち
かんぺきな聖フランシスの幻になった
壮健な若い姿に
フィングラス*の庭で。

* 「子守唄 Lullaby」の注を参照。

子どものダブリン・マップ

A Child's Map of Dublin

コノリーの星と鋤[*1]をあなたに見せたかったんだ
生まれたときから　っていうか最初に夜空を見上げて
働くってことを学んで以来　この旗の下で生きてきたから。
「片づけてしまったんですよ　もう何年もまえに」と守衛。
ナショナル・ミュージアムは改装中　どうせ
模様替えされて　ハンマーとドリルとホコリの後に
お目見えするのは　モダンでありふれた展示館なんでしょ。

ナチュラル・ヒストリー・ミュージアム
高麗鶯　翡翠　灰鷹　夜鷹　見いだされた詩たちが並ぶ。
でもいちばんわたしを惹きつけるのは鷗《カモメ》——空を飛べたら

どんなに自由で気持ちいいだろう　子ども心の案内鳥。
下品な不協和音を鳴らして　窓台でいつも口喧嘩して
午後一時には校庭に無断侵入　船の航跡を尾けるのが
お得意じゃあ　ロマンチックのかけらもない。けど　見て

透明な海原のうえで　鷗ほど風を読めるものはいないのよ。
ふっと愛の上昇気流に誘われて　北河岸の下町を歩く。
子どものわたしを育ててくれた町。物心がつくころ住んだ
長屋はあとかたもない。通りは軒並み再開発で
ドックにはずらりとユーロクラート[*2]が立てたクレーンが
そびえてる。見てもらうものなんて何もなし。
だって　映画へ行くにもバスで海岸へ出かけるにも

お小遣いが足りなくて御影石の段々でふくれっ面してた
くるぶし丈の靴下にお下がりを着た少女を偲ぶものなんか
ありゃしないから。この娘の頭のなかで上映してた映画？
アフリカ——囚われのヒロインの運命はベルベル人の

王子様の奴隷　さもなければ　鎖帷子を着けて
負け戦の名誉ある死へと兵たちを駆り立てる少女の物語。

土曜日のカンバーランド通りへ連れていってあげるね。
舗道に積まれた古着の山から
色っぽくてイケてる服を見立てましょう。
マーケットがお開きになったらぶらぶら帰るの
ふたりっきりの空想の通りだけを歩いて。
質問はしないでね。あたしは嘘は言わないから。

この四月のたそがれの最後の光のなかで
ベッドのシーツのあいだにもぐりこんだら
ふたりのからだの海図だけが頼り。戦いに傷ついて
シーツの折り目のあたりはぼろぼろだけど　ふたりを
ちゃんと引き逢わせてくれたんだもの、これからも
たくさんの不思議に出会わせてくれるはず。さあ一緒に
裏道や干潟で遊びましょ。知ってる世界の縁から落ちて

しまいに溺れてしまうまで。

＊1　「年次大会 Ard Fheis」の注を参照。
＊2　ＥＵ（欧州連合）の政策執行機関である欧州委員会を支える官僚のこと。このあたりの詩行には、ダブリンの港湾設備がＥＵの援助によって充実しつつあった時期の様子が描かれている。

自叙伝

Autobiography

黄色い旗の間を縫って　彼女はわたしの後をつけてくる。
肩越しに振り返れば　目に入る彼女
歩き方も威勢よく　手には槍を持って。
わたしにはどうしても彼女が必要——
彼女の勇気のもとは　無心
そうでなければ　無知。
ポプラの木陰で横になり
彼女の膝を枕に丸まって眠り　胎児のような夢を見て
彼女の炎の乳を吸ったなら　わたしは飛ぶことだってできる。
シミ一つない彼女の顔は　わたし自身の顔。
その目は海の潮だまり　海藻や雷雲を映しだし

波模様の絹のような皮膚は　金色に光っている。
導いてくれる先は牧場のはずれ
そこに薬草が生えている。彼女の話すのは
全くわたしの知らない言語。
彼女は　わたしにとって母
わたしの娘ほどに若いのだけれど。

もうひとりは　薄暗い生垣の中で待っている。
夜中に　ふいに現れる彼女。わたしに主導権はないと知っている。
彼女は言う　「アタシは　あんたの未来。
首筋をごらん　食べごろをとうに過ぎた
年寄り鶏みたいだろ　アタシの肌は
はげかけた紙みたいにペラペラ。カサカサって音が聞こえるかい？
目は掘りたての墓穴みたいに
ぱっくり開いた傷口だ。アタシを
鼻であしらったりしちゃいけないよ　お嬢ちゃん。
あんたには　まだアタシが必要かもしれないんだ。

あんたの冥土の手引きが　このアタシだから。」
たしかに　そう　彼女はわたしの乳を吸わされてきた女。
深く息を吸い　彼女の臭いを嗅いでみた——
鉄道駅の便所の臭い
店じまいするときのパブのゲロ　慈善スープの行列*や
チャリティ・ショップの悪臭がした。
彼女が話すのは人間の声　だからわたしにもわかる。
わたしは彼女にとって母
わたしの方が娘ほどに若いけれど。

わたしは麦畑に立っている——真昼で　真夏で
わたしの誕生日。片方の乳房からは
無数の星が煌めく天の川《ミルキーウェイ》が流れ出る。
もう一方からは　膿が少しずつしたたり出る。
わたしが飛び立つときには一度だけ　振り返って
見るとしよう　わたしの抜け殻が草むらに沈んでいくのを。
ゼラニウムやミソハギの花が　その上にたたねを

振り撒くだろう。祝福するかのように。

＊英国の植民統治下にあったアイルランドで、一八四五年から起きたジャガイモ大飢饉の際に政府の取った一時的救済措置を示唆し、貧困の根本原因を解決しようとしない社会の偽善を表している。

島の埋葬

Island Burial

彼らは死者をできるだけ早く葬る
死後に妖怪変化《シェイプチェンジ》して恥をかく前に
そして魔女という烙印を押される前に。
死んだ娘が目の前で野うさぎに変わるのを
目撃した家族をわたしは知っている。
素早く遺体を棺に入れはしたものの
棺の蓋をうさぎの前足で叩くのがたしかに聞こえた
娘の棺を地中に降ろして土で覆うあいだにも。

墓が歌う

わたしは墓である
辛抱強く　準備万端　湿気も十分
変身途中のうさぎ娘を待っている

あの娘が変化《へんげ》し　ついに野うさぎになると
わたしは拳のように閉じて
あの娘の切ない発情が終わる

それ以来長い時が経って
わたしの指がこじ開けられる時
てのひらに残るあの娘の骨は

わかっている　わたしに愛されたことを

埋葬のさいの祈り

死者の埋葬
肉体から塵へ
風に乗る塵
額には灰
イチイの歌
暗闇の聖杯

子どもたちはこう語る

野うさぎ　野原　魔女
燃える　野うさぎ　割れ目
雲　海　岩
別れ　長い　眠り

野うさぎ　大股走り　緑色
小道　門　小川
太陽　白色　石
腹　息　来る

野うさぎ　アオサギ　鳴き声
砂　粒　星
足　前　足
のぼる　石の　道

野うさぎ　前足　野うさぎ
前足　木を　叩く
野うさぎ　衰弱　蹴る
青色の目　見張る

ナイフ　ロープを切る
家庭　安全　羽根

夢のフィルター

Dream Filter

あなたが生まれるまえに
わたしはドリームキャッチャー*を作りました
子どものあなたが　大人になるまでずっと

安らかな夢を見続けられるようにと
『ナショナル・ジオグラフィック』で読んだ
ある部族に伝わるつくり方に

きっちりとあわせたのです。最初に
わたしは　自分の夢をきれいにして
悪い幻想《ヴィジョン》のすべてを

石の中に移し入れなければなりませんでした　それから
澄んだ流れの速い川が
海に注ぎこむ場所の近くまで　歩いて行って

悪い夢で重たくなった石を一つ一つ
小石で敷き詰められた川底へと　投げ入れました
そうして石たちは洗われて　再び穏やかな石の性質を
取り戻すことができ　わたしはそのとき　ようやく
あなたの母親にふさわしくなれたのです。

*

雑木林の下草からハシバミを見つけ出し
麻糸をねじり合わせて
ドリームキャッチャーを作り上げるのに

かかったのが　まる七ヶ月。
鳥をお待ちなさい
あなたに羽をくれるから。

サウスドックスを通って
歩いて病院へいく途中
陣痛で一夜苦しんだ後のこと

目の前に　灰色の羽が三枚落ちていました。
見上げると　ハヤブサが
空に漂っているのが見えました――

ガスタンクの上で巣を作っていた
つがいのうちの一羽が落としたのです。

＊

ハシバミと麻糸と
尾羽二、三枚で作った
この奇妙な細工を

今夜　あなたのゆりかごの上に取り付けましょう。
いつか　あなたは尋ねるでしょう
それは　いったい何なのかと。

そのとき　わたしは何と言えるかしら　あなたに
いったい何を　話すことができるのかしら。

＊北アメリカの先住民が用いる伝統的な魔除け。

母の亡霊が慰める

ヴァン・モリソン*風に

The Ghost of My Mother Comforts Me

娘よ　恐れなくていい
世間が　棒を振り上げ　石を持ち
声をひそめて罵っても――

堕落シタ女　姦通シタ女　誓イヲ破ッタ女
神父ノ前デ立テタ　立派ナ男トノ結婚ノ誓イヲ。

娘よ　おまえに咎《とが》はない
おまえには何の罪もない
ただわたしに似てるだけ。
おまえの声から　罪の十字架をはずしていい。

寝入るまで　額をさすってあげよう
おまえが夢の世界に入るまで
そこでは　わたしたちふたりで雨に濡れた庭を歩くことも
懐かしい星の道に沿って飛び
流れる水のほとりで静かに憩うこともできる。

そして　爽やかな目覚めを迎えたら
もう怖くなくなっている　あいつらの
棒も石も悪口もおまえを傷つけはしない。
娘よ　歓びのため　そして戦いの武器として
与えられたおまえの身体
そこに宿る　ジプシーの魂が
この世の重荷をうまく耐えさせてくれる。
ひとりではないと知れば　慰められよう。
おまえのような女が　この世には大勢
そして　偉大な書物が書かれるとき
おまえの名も　戦士の列に加えられよう。

おまえの母だから　子どものころおまえに約束したとおり
わたしはおまえを守ろう。
自由に地上を歩きなさい
わたしの愛する娘よ。　恐れてはいけない
カトリックの神の雷電を　いや他のなにものも
このわたしが　おまえと世のあらゆる災いとの間に　この身と魂を置き
立ちふさがってあげるから。

＊北アイルランド、ベルファスト出身のシンガーソングライター。アイルランドから発信されるポピュラー音楽が世界に受容されてきた中で、もっともめざましい先駆者である。一九六〇年代以降、彼の歌が魂の音楽を愛する人々に大きな影響を与えたことはよく知られており、ポーラ・ミーハン自身もそのひとりであることを認めている。

傷ついた子ども　The Wounded Child

一

まずは——戦う用意を整えて。
お守りを身につけるの。金や銀でも
その辺の石ころでもいいから。

肝心なのは　信じること
それが強い力を持ってるって
邪悪を封じるバリアになるって

大切なのは　愛着を持ってずっと
使い続けたものに宿るバラカ*
それとも　楽しい思い出のパワーとか　たとえば

幸運の星の下で
悪意を持たぬ　穏やかな男性とともに
過ごした　心安らぐ夜の記憶

あるいは　友情の証にもらった指輪――
静かな部屋で　季節は春だったかしら
ゆっくりと陽が傾きはじめ　ふたりでお茶を
飲みながら　懐かしい昔や夢みたいな時間や
この上なく楽しかった旅の話に
暗くなるまで花を咲かせたこととか。

二

どんな服を身につけようと　あなたは異色。

着ているのは戦闘服なのだから。顔にフェイスペイント
髪には鳥の羽根をつけ
スカートや　肌や　靴紐も工夫して。

あなたの視線が　寝室の鏡の中から
まっすぐ　あなた自身に注がれている。
仮面には慣れていなくとも
見つめているのは　あなた自身の目。恐れのない目。

あなたなら　きっと戦える。

三

かつて女の子だったあなたの中に
傷ついた子どもがいる。その子を探し出して。
見つけてあげなくちゃ。

その子はひとりぼっちで怯えてる。
胎児のように狭い場所で丸くなり
胸が張り裂けそうに泣いている。世界は

大きな手と
鋭い歯をした男。世界は
一トンのレンガ　口に

砂を詰められたその子の胸に　とてつもない
重しをかけている。その子は息ができなくて
何も話せない。その子の運命は

記録もされず　沈黙し　声にもならない。
その子のこと　覚えてるでしょう？　その子が
バラバラに裂かれたことも。その子の真実を伝えて。

四

その子を助けにいって。さあ！
その子を抱き上げて。
あなたの胸で抱きしめて。
もし最初は言葉が見つからなければ
メロディーを口ずさんでみて。
やがて言葉も出てくるはず
おまじないや祈りのように
言葉はもうあなたの中にある。

その子が落ち着いたら
マトリョーシカの話をしてあげて。

森で迷子になった子どもが　シダや苔の中に倒れた樺の木のそばで丸くなっています。その女の子は眠ってしまい　お母さんの夢を見ています。手には木の人形を握りしめています。木こりがやって来ます。斧を打つリズムやノコギリが歌う澄んだ音が聞こえます。幹や枝が切り払われ倒された木が根元で割れ　大きな口のように女の子を飲み込みます。それでもまだその子は夢の中で人形を一つ一つ開けていき　樺の木の心材でできた本体　手のひらに収まる一番小さな人形を探しています。火が森を焼き尽くし　煙が太陽を覆い隠します。鹿も狼もみんな火の手に飲み込まれないよう逃げていきます。樺の木の種がその場所で芽吹き　いくつもの季節を超えて森で一番りっぱな苗木に成長します。女の子は年輪の中から外へと向かい　雪の上に銀色の樹皮を落とします。若木の時期を経ても　永遠に年輪を重ねます。あなたは通りすがりにその子の声を聞いて〈木の葉に遊ぶ風〉と名付けるかもしれません。寂しさに　あなたの心は痛むでしょう。その子は硬い殻の中の木の実の夢を見て　氷河の誕生まで遡るし　太陽が燃え尽きる未来までも進みます。気まぐれな風にも巧みにしなる子だなと木こりは思います。その子は斧を打つリズム　ノコギリが歌う澄んだ声に身を任せて　この懐かしい繰り返しを受け入れるのです。

五

語り終えたら
その子にマトリョーシカをあげて。

一つずつ開けさせて
一番奥の人形を見せるの
それは樺の木の心材から削りだされたもの
あまりに小さくて人の顔になっていない。
そしてこう言うの。これを手のひらに乗せて　ほら
ぎゅっと握って感じてみて
氷河が山を跡形もなく侵食し
炎が針葉樹林を駆け回るのを
太陽の光があなたの葉を照らし
雪が溶けてあなたの根を潤すのを
風の威力には優雅に身をかがめ
斧の打つリズム　ノコギリの澄んだ歌声を受け入れて。

子どもを救い出せ
　　その子の暗い呪縛から
子どもを救い出せ
　　その子の暗い呪縛から

子どもを救い出せ。

一九九二年二月二十五日

＊「祝福」を意味するアラビア語。神が預言者や聖者に与えた超人的能力を指して用いられる。

ベルリン日記　一九九一年

Berlin Diary, 1991

ペルガモン博物館にて

ペルガモン博物館の
防犯ガラスの向こう
素焼きの皿の中央に
描かれているかぎ十字《スワスティカ》模様は
無心そのものの風情。
作り手の一日を想像してみる
紀元前二三〇〇年　シュメール文明時代のある日
おそらくユーフラテス川のほとり
粘土が回転するろくろの真ん中に置かれ

あてがわれた親指がゆるがなかったことは
皿の縁の絶妙な反りからも感じとれる。
この皿は　と見るうち――
押す力と引く力のバランスが
博物館の冷たい空気
ブーンとうなる空調の音
単調なツアーガイドの声
そして　カッ　カッ　カッ　と反響《エコー》する
警備員のブーツの跫音で　崩れる。わたしの頭が
回転しはじめる。
　　皿も
回転しはじめる。そう　かぎ十字《スワスティカ》も！
わたしの黒い瞳が回転する黒い太陽となって
ガラスに映り　反射される。わたしの目と
かぎ十字《スワスティカ》は　いまやひとつの
　　　　回転する黒い太陽。

トルコ人女性のように

意図的だったわけではないが　湿気の多いその朝わたしが選んだ衣装——ネイビーのロングコートと頭に巻いたグレーのシルクスカーフ　それに左耳には青色の石——このコーディネートがわたしをトルコ人女性っぽく見せていた。

そうしてクロイツベルクにあるトルコ人街のマーケットへと向かう。地下鉄から在来線そして路面電車に乗っていると　あまりにもかぎ十字《スワスティカ》の落書きが多いのでわたしの目はチカチカしてくる。ローザ・ルクセンブルグ広場という駅の名前が気に入ったので　そこで途中下車をする。

ひとりの男が梯子の上に乗り　道路標識の上にニンジン通りと書かれたポスターを貼っている。ニンジン通り？　なぜか尋ねてみる。「共産主義圏ノ名前ハ　アノ壁[*1]ト一緒ニミンナ撤去サ。」　キャベツ通りにカブ通り　ルタバガ通り　そしてガーキン通りなんて名も付けられるんだろう。

友だちに持って帰るお土産をまだ買ってないのに　霧が濃くなって　日も暮れてきた。地下鉄の駅に着く。クロイツベルクに行く道を尋ねる。カウンター越しに話す男の唾がわたしの顔に飛んでくる。しかも間違った道を教えられた。わたしは運河に沿って三マイルも歩かなくちゃならない。菩提樹の木々　犬を散歩させてる風変わりな住民　意地悪そうな顔つきをした若者の不良グループ　みんな霧の中から突如現れる。

わたしは裏切りの本質とイズミールのバザールでのできごとに思いを巡らす。今わたしの左耳を飾っているこの青い石の輝きに　不意に彼は目を奪われたのだった。「コノ石ハ愛ニ生キル道デハナク戦士ノ道ヲ選ンダ者ノ証ダヨ」と　わたしに石を渡しながら彼はいった。

これをすべて弱強格の韻律で表現してみようと　わたしは力強く安定した言葉のリズムを求めて修行の旅をしているところ。でも道端には危険が多すぎるし　道の名前を読むにも全集中が必要だ。視界は数メートルほどに落ちているので　霧の中から次に何が出てくるのか知る術もない。別の不良グループが出現するかもしれず　二十分前のあのグループがわたしの衣装の信号を今頃になって感受し　捕まえに戻ってくるかもしれない。

友だちはわたしにそのイアリングをくれたとき　子どもの頃に母親がセーターに留め付けてくれた不思議のメダイ*2を思い出したといった。そして長々と語って聞かせてくれた。マリア神学について　地母神や　女性の力　中東の月崇拝　青は癒しの色でマリア様の色などなど。わたしがようやくマーケットにたどり着いたら　もう店じまいの時間。

わたしは黒玉《ジェット》と金のアンクレットを選ぶ。宝石商に代金をドイツマルクで支払い　包装してもらう。青い石が店員の喉元でキラキラ光り　彼女の赤ちゃんの毛布の上でも光ってる。「幸運ノシルシデス」　と店員がいう　「身ニツケルト健康ノオ守リニナリマスヨ。」

手わざ

わたしの身体にある　あなたの印
それはわたしの胸に残る黄色いあざ
マヤコウスキー道路が見える我が家の窓辺にあった
まったく同じ色合いの柳の木。

エデンの園の裏話

ダブリンを発つ朝　あなたが語ってくれていたのは
封じこまれた創世記。イヴより先に生まれたリリスが
エデンの園を歩き回り
すべての動植物に向かって
本来の名は何かと尋ねた。
わたしが思い描いたのは　リリスが身を屈めマンドレイクに話しかける姿。
「マンドラゴラ・オフィシナルムはお前？」

だが　その植物がリリスに何と答えたか
また　リリスが何と返したかは　知る由もない。

わたしたちがすべてのものを誰かが付けた名で呼ぶのは
アダムがエデンの園をもったいぶって歩きながら
そう呼ぶようにさせたからだろうか。
「オ前ハキリンダ！　ワタシハ神ノ僕《しもべ》ダ！」そして哀れにも
アダムの肋骨から創られたイヴは
自分より賢い姉の化身である蛇にそそのかされ
追放されたふたりは　荒野に下ったのだった。

民話

若い男が〈真理〉と恋に落ち、彼女を探し求めて世界中を旅する。森の中の空き地の小屋で彼女を見つける。彼女はもう年を取り　腰も曲がっている。彼は彼女の僕《しもべ》となる誓いを立てる――薪を切り　水を運び　彼女が仕事に使うありとあらゆる植物の根や茎や葉や先端の花や種を集めると。

　時が流れる。ある日　若者は目覚めると子供が欲しくなっている。老婆のところに行って　誓いを解き世間に戻らせてくれと乞う。「イイトモ」　と彼女は言う　「デモ条件ガ一ツ　ミンナニハアタシガ若カッタ　ソシテ美シカッタト　言ワナクチャイケナイヨ。」

スターガルテン通りで見たもの

煙突　列車の入れ替え
石畳の上に彫られた
あの女《ひと》のハイヒールの靴痕
霧の中に聴こえるまぼろしの音楽。
もう一つの戦争のあとに
わたしの母を探しているわたし。
あの女《ひと》は子どもを守りたかったのだ　ソフィー*3のように
わたしに語って聞かせてくれた金の雌鶏*4の話は

悪夢にうなされないためだった。

スターガルテン通りで聴いたまぼろしの曲
石畳を砕くあの女《ひと》のハイヒールの音
わたしが憂いつつ抱く　金の雌鶏。

踏みつけられて粉々になった樫の木の葉っぱ
行進して過ぎる軍隊
煙突　列車の入れ替え。
わたしたち　もう二度とこの道は通らない。

＊1　一九六一年に東ドイツ側がベルリン市内の東西の往来を遮断するため建設した「ベルリンの壁」をさしており、一九八九年十一月九日をもって東西両ドイツの国境が事実上なくなることにより崩壊した。
＊2　聖母マリアの出現を目撃したフランスのカトリック修道女カトリーヌ・ラブレが、聖母マリアによって示されたお告げとイメージをもとにデザインし、製作されたメダルのこと。
＊3　ウィリアム・スタイロンの小説『ソフィーの選択』（一九七九年）と、それを原作にした映画

（一九八二年）のヒロインを思わせる名であり、ナチスやアウシュビッツ強制収容所の悲劇を連想させる。本作に描かれる一九九一年は、東西ドイツ統一条約が前年十月三日に発効したばかりで、首都ベルリンは禍々しい過去を思い起こさせる記憶に満ちていたのであろう。

＊4　金の卵を産む雌鶏により富を得た農夫が、欲に駆られて雌鶏を殺し、全てを失ってしまう寓話。

常備軍　The Standing Army

母の使った槍を手に
姉が身に着けた金の指輪を耳に
今や　わたしは未来へと歩み入る
戦士の階級に加えられるのを誇りとし
我が同朋を守る役目を
果たすため　知識の寝床から飛び起きたのは
詩人たちと言葉を交わすため
彼らは今しも街に寄り集り
眼差し熱く　韻律で語ることに倦み
歌に飢え　部族の歌を渇望している。

一九九〇年　メーデー

わたしを崇めないで

Not Your Muse

わたしを崇めないで　美の女神様みたいに
貝殻の上でポーズを取る　美しい身体の
ビーナスとは違いますから。
わたしは普通の女
月の満ち欠けとともに　二十八日周期で
六日間血を流す女。確かに
恋は盲目というから
あなたの作品で癒されるのも　悪くない
作品の中のわたしは　完ぺきで輝いていて
すぐにモヤモヤしてしまう　わたしの心を解きほぐす
とはいえ　必死なわたし　貧乏なわたし

泣きそうなわたしも

わたし。一度はそれでやり過ごせたかもしれない。
二十代の頃のわたしは　永遠が欲しくて
セックスしていた節もある。まあそれは冗談。
そしてまた　わたしはまんまと
釣られてしまった。あらあら
うっとり酔ってますね。キャンバスには

ウソばかり　胸は垂れていないし
シワや妊娠線もない。
だけど　それであなたがご満悦なら
残酷な白日の光や　容赦ない空の下で
あなたの描いたお人形を確かめてみろ　なんて
戦闘服を着たわたしがいうのは　やり過ぎですかね。

祝福　Blessing

トニー・カーティスに

芸術家の村　ではなく
塀で囲われた大学　でもなく
精神科病院へ
わたしは行こう　白昼の空に
月が昇ったら　出かけていって

見知らぬ人の口から　唄をひったくる。

あの人たちが　ずーっと語ってきた
なぞなぞで　あなたに教えているのは
子どものため悲嘆にくれる心のこと
心が　子どものためにどれほど悲しんでも

スレート葺きの屋根の上で
雨が止んだあとに　キラキラゆれる
光でしかないし　ニワトコの
紫の色合いは　あなたの悲しみの
深さまでが　精一杯だということ。

あの人たちが　ずーっと語ってきた
なぞなぞで　ついに世間も不可解な謎を
信じ　地球も理解する
自らの心地良いはたらきのことを――
　葉や　石や　波の。

精神科病院へ　わたしは行こう
求めるのは　見知らぬ人が口にする救済
　葉は　あなたの頭上を飾り
　　波は　あなたの言葉を繰り返し
　　　石は　あなたの墓になりますように

もう一人の女

The Other Woman

あなたが初めて　その女の中へ入ったあの夜
女は寂しい街だった　そして　あなたは　鍵を持つ男
通りに沿った家の部屋に　入るための鍵　そこで
雨宿りをするため　窓辺に座り　レモン・ウォッカを飲む

あなたには　語るべき物語も　聞くべき問いも　答えも
明日への希望もない。無音ではないけど　聴こえるのは息遣いと
庭に降る雨の音ばかり。明かりは街灯の光だけ。
女は暗闇の中。あなたとは初対面だった

女が信じられるのは　手を差し出したあなたの
掌から読みとった未来だけ　あなたはおいでと告げたのだ。

あなたの運命線に　すでに刻まれていた　女の名前
それは　うろ覚えの歌　舌の上でピリッとして

あなたたちがもぐり込んだ白いシーツの上で　熱を発した。
シーツは　あなたにとって船の帆　女は　生まれながらにあなたが
出入り自由と知っていた　少女たちの内なる港。
それに　あなたを縛る海の規則　女の悲しみ　女の脈拍　女の不機嫌な

川　女の陰鬱な月が　幾月も雲に隠れるやり方の　すべてに対して
あなたは謙虚だった。翌朝　女が目覚めたとき　街に雨が降っていたから
わたしは　このことの全てを理解した。
わたしの作品を仕上げるために　できれば星明かりと

使える時間がたっぷり欲しい。わたしこそが　女に夢を見させたのだから
太陽の光や　塔　そのてっぺんの金色の魚　港へと
下っていく坂道　港に入ったばかりの船
女の家の鍵を持って近づいてくる　見知らぬ男の夢を。

そんなに急いで　アタシのお墓に飛びこみたいかい？

Would you jump into my grave as quick?

そんなに急いで　アタシのお墓に飛びこみたいかい？
暖炉の脇のおばあちゃんの椅子に　わたしたちの誰かが
座るたび　おばあちゃんはこう訊いたものよ。ねえ　ちょっと
めかしこんで　真っ赤な口紅がこれ見よがしの　あんた
今夜ダブリンのバーで　酒臭い息を
吐きながら　その黒い瞳《め》でわたしの彼のこと
見てたよね　まず先に考えたらどうかな
ぶっ飛ばされて落ちるのは　六フィート*下の暗い穴だってことを。

*「お墓」の穴の深さが六フィートで、痛い目にあって死ぬことを示唆する脅し。

都市　City

暖炉

ベッドに入って
お互いを抱きしめるとき
引き寄せるのはどんな火？　どれほどの寒さを
恐れますか？　もう少しで気が狂いそうになるまで
あなたを駆り立てるものは何　日々耐えている嫉妬心ですか？
砂時計の砂のように容赦ない　時間という暴君ですか？
わたしに物語を聴かせてください　詩ではなく
でっち上げの幻想でもなく
暖炉の中の灰のように
単純な物語を。

窓枠がガタガタと音を立て　雨は
家のあちこちに打ち付けています。遅くまで
飲んでいた人たちが　バーから追い出されています。風が
彼らから歌をひったくり　川に放り投げると
あなたの心の中で脈を打つ海へ　流れていきます。
あなたは係留綱をすり抜けて　町を巡航するのです。

夜歩き

ここでなら　一息つける。
にわか雨の合間に　通りは
空っぽ。冷たいベッドに横たわる
不誠実だった恋人のことは忘れなさい
その人はまもなく目覚めて
あなたはもう戻ってこないのかと思うから。
あなたの足元の敷石が

崩れてしまう前に　あなたのすべてを受け取りましょう。

満月

彼女は　あの高いところにいる。あなたは引力を感受するはず
たとえどこにいようとも　まるで太鼓の皮みたいに
あなたをピンと引っ張っている。
今朝　目覚まし時計が鳴ってベッドから出るまでの
凪の間に　あなたは彼の背中の引っかき傷に思いをめぐらしている——
悲しみの刻印《シジル》　拷問具のツマミネジ　拷問台。
砂漠の地面に　杭で固定された白い身体
足首と　首と　手首を縛られて
仕返しをする騎兵隊の姿は　どこにも見えない。
これが腹部に刺されたナイフ　これがそのひと捻り。
彼女は　あの高いところにいる。　今夜は　いつもより多量の

鎮静剤が　牢獄でも　精神病院でも　配られることだろう
今夜は　通りでいつもより大量の血が
流されることだろう　そして　あなたは吠えるだろう
窓ガラスの上に斜めに落書きしたような
ズタズタの雲の裂け目越しに　月に向かって
彼の肩甲骨に残る傷が　あなたを吠えさせるから。
あなたの胸に聞くがいい　彼が交わったのはどの妖怪変化《シェイプチェンジャー》だったのか？

けんか腰

満月に引っぱられているあなたは　まるで
きつく張られた太鼓の皮のよう。鏡の中の顔は
曇っていて　陰気。晴れ間もなくて
今夜内陸は霜が下りる。

心の地形を偵察し

戦いに有利な高地があるか調べなさい。待ち伏せ　小競り合い
報復行為　それがあなたの命がけのゲームの中身。
やられたら　しっかりとやりかえすべし。

保護色や　迷彩色を選びなさい
敵を知り　相手の動きの全てを
彼の戦闘歌の各小節にいたるまで　知り尽くしなさい。
外面は　いたってのんきに見えても

内なる自己は　わだかまる渦巻形のバネ
ひずんだ後の　人間は　突如　荒れて暴れだすもの。

＊砂漠で行動するのに便利なブーツ。靴の中に砂が入らず、靴底が天然ゴムなので足音がしない。

侍女

Handmaid

主よ　あなたとともに　星空の下を歩み
欲望に負けて　わたしたちが
夜の砂漠に身を横たえたとき
わたしは　あなたの瞳の中に落ち　塩の味を知りました。

そして　主よ　あなたに刺し貫かれたわたしが
熱烈な愛をこめて　御顔を見つめると
あなたは語ってくださいました　昼間の馬上の旅の辛さと
わたしと結ばれるため越えてこられた長い道のりのことを。

河口のように広く　わたしが開いているのは

あなたに進み入って欲しいから　わたしの細胞へ
わたしの子宮へ　わたしの心臓へ　頭へと　ああ　神様
御心のままになし給え　このわたしを。

睦言　Pillow Talk

このところの真夏の暑い夜　わたしがささやく言葉は
密会　逢引　ヒースの寝床で
あなたを寝かせたい　人里離れた海辺に
ふたりで逃避行して　篝火の火の粉が
星と一つになって輝くのを　眺めていたい。
わたしたちが次に会うまで　あなたには
生きていて欲しい　電話を切らないで　わたしに関して
世間がたてるうわさ話なんて　聞き流しておいて。
わたしが使えるのは　ありきたりの表現ばかり
浮気の夏のささやかな気分転換とか
企画中の映画の筋書きとか

稲妻が枝分かれするわけとか　あなたに近付くにつれて
足の裏が熱く焦げる感じとか。

あなたに聞こえていないのは
もうひとりの女が　わたしを通して話しかける
人の情や慈悲を持たない声。彼女はあなたが欲しいの。
あなたの姿を初めて見かけたときから
あなたに決めていた彼女。わたしに抗うすべはない
彼女の気まぐれの奴隷だから。あなたは
彼女のもの。わたしに何ができるの
彼女が　水中の白玉石や
妖精の洞窟や　彼女の飼う聖鳥のことを語り出したら？
わたしは知っている　かつて　彼女が
男の手足を　素手で引き裂いたこと
彼女の血塗られた過去の　生贄の儀式で。
彼女の過去が放つ　激しく容赦ない臭気で
わたしは吐き気がする。

あなたが　恐れおののきながら
仮面越しに見つめる夜には
彼女の声が　あなたに聞こえたのだと思う
あなたは　悪魔にまたがっていて
闇に終わりはないと　分かったのね。
あなたを悲しませるつもりはないけれど
彼女の意図を　わたしには保証できないわ。怖いのは
わたしの癒しの技では　この先彼女が
あなたに負わせる傷は　治せないかも知れないってこと。

シルク　Silk

きみは　近頃タシケントのバザールで手に入れた　艶やかなシルクの
布の長さほど離れたところで　踊っている
歯がきらめき　しなやかな腰の動きの
ひとつひとつが　ぼくを魅了する。

ぼくたち　以前にどこかで
会わなかったかい？――ジプシーの焚き火のそば
それとも　奴隷たちがまっさらな黄金と引き換えに
取引される　青いドームの下の市場で？

もしも　きみがこの夏
セックスと冷たいメロンで　ぼくを縛ろうという気なら

その必要はないさ。ぼくは　すでに縛られている
あっという間に恋の虜

底なしの淵へと
真っ逆さまに　転がり落ちたんだから。
　　　　　　考えてもみてくれ
長い間　ずっとこれを待ってたんだ！
仕事中の午後の一時間を　こっそり盗んで

艶やかなシルクを身にまとい　きみが踊りだすのを。
だったら　どこで
これは終わる？
　　　　　　仕事と愛
つまり　心の飢えと　日々の糧は。
ブリゲイム　ブリゲイム　ブリゲイム＊
甘い言葉で　ぼくは口説き　嘘をつく

そして　もしきみが　ぼくを暑い町の
通りに置き去りにしたとしても
ぼくは　きみを追ったりはしない
　　　　　　代わりに
ぼくだけの秘密に変えてしまおう。
もう一度　見つけるのには　何百年もかかるかも知れないけれど
シルクをまとい　気ままに踊るきみの姿を。

＊アイルランド語で「口車に乗せてだます」という意味（その意味をミーハン自身が英語に訳して、呪文の効果をあげている）。

「わたしのハーブ園のヘンルーダだけでなく……」

'Not alone the rue in my herb garden...'

責めたてているのは
わたしのハーブ園のヘンルーダだけでなく
背丈八フィートの白ジキタリス
その根元の灰色ヨモギ　サントリーナ
ラベンダー　玄関先の深紅のバラ
支柱に一生懸命につかまっているエンドウ
もっと小さくて水に浸っているサラダ用リーフも。
真夏には　きれいな雑草が青々と茂り
サンザシのあいだにスイカズラが
はびこる。エスリン*の
わたしのハーブ園全体が　すごい勢いで責めたてている。

一緒に土作りをしたわね　我が夫よ
古い台所用のザルでふるった
泥炭と　熟成させた堆肥の山を
次々に手押し車に積みこんで
まだ真冬の日々に霜の降りた地面を押して運んだ
東風がふたりの指先を
凍てつかせる日もあった。
コンロの調子が悪くてやる気の出ない朝も
溜めておいた木灰を土に混ぜ
クリスマスまでには藁床を作って
安全な寝床に土をたくし入れた
一番寒さが厳しい一月と二月には
明かりを落として　毎日のように
チェスをしたり　詩や物語を作って過ごした。

わたしの父のほつれたセーターを着て雨を見つめる　あなたの姿は
惚れ惚れするほど

でも　あなたが描いた絵が老婆だったことに
わたしは心の底から震え上がった。
キャンバスは　燃え盛る火が消え
責めさいなまれた霊たちが静まったのち
永遠の時が経った地獄の底の
その底よりも黒かった。

ああ　夫の心よ　わたしはあなたを
少しもわかっていなかった
あなたの心は移ろい　同じキャンバスに
雪が降りクロッカスが咲いた聖ブリジッドの日
緑の瞳の若いフィドラーを上描きした
そしてタイトルをつけた　『謎の赤毛の女。』

一緒にこの庭を作り上げたわね　我が夫よ。
春先に新芽が顔を出すと
クリスタルのサイコロを振り

月の暦や農事暦でその運命を賭けたけど
苗は遅霜にやられてしまった
悲しくて泣いたわ――でも何本かの苗は生き延びて
夏には繁茂し　手入れで腰が痛くなるほど。
メイポールが立てられた日は　お祝いムード
ベニバナはネットに蔓を這わせた。
朝　にわか雨が埃を落としてくれたら

外に出て　鳥のさえずりに
耳を澄まし　匂いや色彩の
豊かさを全身で感じて　わたしは
この世で一番幸運な女だと思ったわ
だって　丘のふもとで巧みに迂回する
エスリン川の川辺に　三エーカーの緑の王国を
手に入れることができたのだから
わたしたちの低音の旋律はシャノン川に合流し
破滅的なリズムとなって　大西洋に注ぎ込んでいた。

あっさり手放したわけではない
骨の折れる作業も　癒しの歳月も
厄介な死者を埋葬することも
大地に全てのたねを捧げ
その一粒一粒の声を聞き
汗を流し　祈りながら　育て上げた
でも　ついにわたしは過去の執着から解放されて
収穫物のバスケット全てに
黄金の光を集め　食卓に乗せた
わたしの中でいつも聴こえていたのは
破滅の歌　幸運の歌　旅の歌
道は曲がりくねって　あなたから遠ざかっていった
目を海に傷つけられた我が夫から。

今　わたしは会いに戻ってきた　あなたたちに
置きざりにした庭に　置きざりにされた夫に

置きざりにした猫や犬や鶏に
置きざりにしたキルトや刺繍に
積み上げられた本や　埃を被った原稿に
愛の糸で縫い合わせたふたりの生活に
そしてふたりで座る　夏の日差しが降り注ぐ窓辺に
空には彫刻みたいな
六月の雲　その気まぐれな影は
ふたりの顔に浮かぶ悲しみを隠す
ともに築き　失い　そして二度と
やり直すことのない　悲しみ　ああ　友よ
憎しみの目でわたしを見ないで
ふたりが出会った日を呪わないで。

＊アイルランドのリートリム県に属する地域、そしてそこを流れる川の名前でもある。

キングサリの花

Laburnum

あなたは入って行く　いつもの部屋へ
ありふれた夕暮れ時　そうね
五月も半ばの頃で　キングサリの花が

広場の柵越しに　垂れ下がっている
八時には　町は静まりかえり
通る車も少なくて　空気も澄んでくる。

あなたは　きっと誰かが待っていると
期待している　今はひとり暮らしなのに。
あなたは　どんなに電話がかかっても

出なかった。手紙は　隅に
山積み。なのに　誰かが待っていると
思い続けている

ドアの真鍮の把っ手を回し　パチンと
灯りをつける間も。暗闇は　徐々に
部屋の中に迫ってくる。あなたは

夜を締め出して　何冊かの本に目を走らせる。
食べ物を口にしてから　何日も経っている。
植物は枯れかけて――サボテンでさえ

衰えた陰嚢みたいに萎びて
もう死に絶えるだけ。マグナム瓶に
ワインの飲み残しがあるけど

買ったのは　いつだっけ？　ずっと
前のこと？　あの日よりも前だっけ？
これが唯一の

逃げ道。冷汗が出始める。
あなたは　一気に　二、三杯を飲み干す。
洗濯済みのきれいな服も　もう無い。

彼は行ってしまった。そう言いなさい。
そう言うの　自分にも　この部屋にも。
大声で言いなさい　そうと信じられるくらいに。

あなたは　一呼吸ずつ
生きていくの。自分の心臓の鼓動は
ひどく苦しいわね。待っても　無駄

だって　彼は　もう去ってしまったから。

夜は　いつも長くて　そのまま
明け方になってしまう　目覚めると

あなたは　いつもの部屋の中で　恐怖に怯えている
ありふれた朝に　そう
五月も半ば頃　そう　キングサリの花が咲くころ。

帰る場所

Home

あたしは目の見えない女　歌の地図を頼りに帰り道を探してる。
あたしの中の歌と外の世界から聴こえる歌が　ぴったり合うと
そこがあたしの帰る場所。譜面はない　歌詞も覚えてないけれど
聴きさえすれば　あたしの歌だってわかる。そこがあたしの家。

昔リートリムで聴いた曲は近かったなあ　雨降りの火曜の夜
ショーン・レリグのパブだった。あたしはセッションを聴きにいき
夢と伝承を聴きたくて居残った。オーナーがお開きだと言ったとたん
音楽は途絶え　鳴り響いていた装飾音が闇に消えた。
ジュークボックスが大声で歌い出す　たった四つのわたしの感覚　みんな奪っていった彼
だから仕方なくまた旅に出た。十一月のグラフトン通りで

耳に届いたバッグンの響き　旅人の奏でるディジュリドゥが
あたしをボタニー湾まで吹き飛ばした。今の暮らしからかけ離れた昔の曲
だけど　あたしの骨に刻まれた。前世のどこかであたしはカンガルーだったかも
夢であたしは囚人船の中　海の波に揺られてた。

ある冬　精神病院で　ここぞあたしの帰る場所って思ったこともある。
いろんな言葉で交わされる会話やなぞなぞ　韻を踏む歌の数々に刺激され
鎮静剤の霧の向こうに過去が見えた。緊張症のあたしのリズム
なんとか子宮の中まで戻ってわかったのは　母さんの心臓が打ってる
リズムは母さんのもの　そこは母さんの世界だったってこと。でも副旋律が
あたしのと似てたんで　だまされたんだ。そのあとダンスに打ち込んだ。
ダルウィーシュ*の踊り子みたいにくるくる回った。確かに聴こえてきたのは
星たちのかすかな音楽。そこは住める場所じゃなかったけど——
空高く　宇宙の闇にたったひとりで漂ってる気分。
本当のところ　曲は無機質で単調な繰り返しばかり
あたしは合図でジグを踊るだけの哀れな猿だった。あたしは地球に戻って
大地に立ち　顔に雨を受け　髪に陽の光を浴びた。ありがたみもわかったよ。

賢い女たちは言う　あるがままに生きよ　今いるところが家と思うこと
どんなに傷つき壊れ　世間に痛めつけられようと　立ち直れる　と。
今朝九時の配達で　一通の手紙が届いた。
歴史賠償局からだけど　あたし誰かに文句言ったっけ？
修道女たち？　自分の母親？　国家？　「項目欄にチェックを入れてください
貴殿の事案に対処します。」　あたしは演説用の台を燃やして
すぐ次の電車に乗り込んだ。　どこの市民でもない　あたしはただのあたし。

これがあたしの最後の旅。あたしが辿る線はみんな頼りないけど
繋げばまともな地図にはなる。あたしの中にある歌と外の世界から
聴こえてくる歌が　ぴったり一致する場所に着いたなら　そこに荷を降ろし
あたしは眠る。最後に身を横たえる場所　そこがあたしの帰る家。

＊「彼女のヘロイン・ドリーム Her Heroin Dream」の注を参照。

真の姿——ダルマカーヤ *Dharmakaya* より

真の姿——ダルマカーヤ　Dharmakaya

トム・マギンティに

あなたが　深く息を吸ってから
死へと　足を踏みだすとき
それは今の姿での
最後の息

地面におろす最初の一歩を　覚えておいて——
あなたのおろした足と　その影は——
静寂の中へ　消えていく。
吐く息は　どうぞ　ゆっくりと
足が　ふたたび硬い大地を見出すまで
街に降る雨が　あなたの歩んだ

足跡を　すっかり
洗い流してしまうまで　ゆっくりと。

忘れないで　森の中でのこと
あなたは　そっと小道を歩いたから
あのとき　小枝が折れたり
鳥たちが逃げ去ることも　なかった。

息を吸って　止めるまでの間に
あなたの両手が　あなたの死を包み込んだ
死は授かりもの　ひとすくいの恵み
あなたは　そう教えてくれた――

死は　動かぬ淵となる
無秩序な流れの中で
取り憑かれ悩む者と　救済された者たちの
終わりなき街の騒乱の中で。

あの冬の父の手

My Father's Hands That Winter

その年の冬は　格別に寒かった。
毎朝
家から外に出るのも　ひと運動。

建物の内階段でさえ凍りつき
三階にあるわたしたちの部屋の
入り口近くまで　氷が張っていた。

マックおばさんは　脚の骨を折ったし
ハリー・スティックスが言うのには　物乞いが
これほど辛いのは　生まれて初めてだ。

わたしたちの　滑り方と推進力は
スキー選手なみになって　前傾姿勢のまま
両腕をいっぱいに広げて

身体を空中に投げ出せば
空気がしっかり受け止めてくれて
着地できると信じていた。

街は　食べたらきっと美味しそうに見えて
わたしははじめて〈風見鶏〉という単語を
童話の本で覚えた。わたしたちの足は

いつもびしょ濡れで　かじかんで青かった。

＊

だから　父の手をはっきりと思い出せる。
父は失業中だった。クリスマスももうすぐ

という時期で　他にどうしようもなかったのだろう　父は
カートンさんのところで七面鳥の羽むしりの仕事[*1]に就いた。
、、、、、、、、、[*2]
ボタンちゃんのだよと父が言った　すると　わたしの目の前に

童話の中の女の子が着ているような　リボンやフリルの付いた
やぼったいワンピースに　黒いエナメル靴があった。
父の手は腫れていて　生傷から血が出ていた

鳥の尖った羽根先や　スジや
腱で傷ついたからで　一日十四時間労働で
雇い主に痛めつけられたから　窓辺で

毎朝の夜明けがもたらす氷の世界が見たくて
わたしは眠っていられなかった。父は

大きな鍋で卵を茹でて　子どもたちのお弁当に持たせた。
父は　下の子たちの外套のボタンを　丁寧に
はめてから　靴紐を結び
わたしたちの喉を守るため　首元にマフラーを押し込んだ
——ポケットの中には　ゆで卵を一個ずつ
手には　しもやけにならぬよう　古い靴下をはめてくれた。
無事に過ごせるように　父のおでこにキスしてあげた。

＊

街がようやく雪解けを迎え
あの冬の魔法も解けてしまったあとに違いない
わたしが分別ある年頃になったのは。

過去は　わたしが自由に

気の赴くまま探検できる　新たな領域となった
鍵のかかっていない借家《テネメント》の扉を　押しさえすれば。

わたしはきっと忘れない　この先もずっと
あの冬の　父の手と
雪で姿を変えた城壁や鉄柵のことを。

＊1　クリスマスディナー用の七面鳥を出荷するための殺処分作業のこと。英米でこの時期だけに限定される季節労働で、農場等での過酷な長時間作業だが、失業者がクリスマスのために集中してお金を稼げる機会となる。

＊2　父親が子どもたちをニックネームで呼んでいるのだろう。

雷が家で鳴ってるよ

Thunder in the House

っていうのは　上の階の騒音が天井をがたがた揺らして
窓もブンブン鳴るもんだから　母さんがそう呼んでたんだ
けど　それは　あたしたちとは違っていい子のイエス様が
ママのお手伝いでタンスとか寝椅子とかベッドとか
天の国の家具をひきずって模様替えしてる音じゃなくて
アパートの上の階で地獄の蓋が開いて　一時間か二時間か
三時間か四時間のあいだ　あいつが眠ってしまうか
もういっぺん飲みに出るまでのすったもんだを　母さんが

そう呼んでたわけ。聞かされるあたしたちも地獄にいた。
あいつが喚きながら帰ってくる金曜日が地獄の底。

娘は罵られ　ひどくぶたれてた。あいつがあの娘の
頬に平手打ちをくらわす音がはっきり聞こえたことも
あったけど　ことばはほとんど聞き取れなかった。
で　ばたんとドアが締まると　あとはすすり泣き。

ときどき階段ですれちがうと　あの娘の顔に黒やら青やら
もっと変なだいだい色のあざもできてて　まだ十二歳なのに
顔一面にシミ隠しをべったり塗っていたんだよ。
石炭運びの人が連れてるみすぼらしい犬っているでしょ
蹴られてばっかりいるから　ご主人さまが足を下ろすまで

踝に哀れっぽくすがりつく犬。あの娘　そんな犬に似てた。
お使いのお金を盗られたことがあるんだ。三つ編みにつけてた
髪留め　それに青いスカーフも。それからは避けるようにした。

母さんはなにも言わなかった　っていうか　わかってても
そのまま放っておいた。うちの父さんは怒っちゃって

親父に仕返ししてやるぞって言った。他に身寄りがないんだもの
あの娘に神様のお恵みを　って言ったのは周囲の大人たち。

でも口出しなんかしたら　かえってこじれたに決まってる。
あの娘は　冷たい真冬のある日に　いなくなってしまったんだ。

あれはあたしがサンタを信じなくなった年だったけど
クリスマスイブはずっと　窓からガーディナー通りを

見張ってて　弟や妹たちには――煙突の間にサンタさん
みっけ　赤い服がちらっとみえたよって――速報を叫んでた
家のなかでは雷が鳴ってて　そとの道路は雨で光ってて
石膏塗りの天井からは　細かい雪がちらちら降ってた。

握りこぶし

Fist

もし　この詩が　わたしの書くほとんどの詩のように
耐えがたい過去に　立ちもどり　過去を書き換えることで
未来を変える手段なら
こうして　窓辺から　メリオン・スクエアを行き交う人々を
眺めている　今のわたしに
あなたが　脅しや武器にしようと握りしめた手を
差し出してくるそのときに
過去の　幼い子どもの手を見つけるための　わたしの旅が始まる
その子の丸めた握りこぶしを
大人のわたしが　両手で包み込む
怒りに駆られた　幼い子どもの握りこぶし

痩せこけた手首の
とても薄い皮膚の下の脈拍
熱くかたくなな指を　一本一本開いていく
まるで　死の得点を　ゆっくりと数えるかのように
そして　わたしがキスしたいのは　その手の
運命線と感情線が　まさに交わるところ——
わたしの真っ赤な唇の跡は　突然バラの花となる
そんな過去への旅には　わたしの強さと希望の全てを　賭けねばならない
今　あなたに示している
この詩が　そうであるように

ほら　見て！　手のひらは大きく広げられた
与え　かつ受け入れることの　証《あかし》として
未来は　今や澄みわたって空っぽ　まるで空のよう
メリオン・スクエアの上の　青い　青い空

雨を描く *Paiting Rain* より

短歌連作

Tanka

浜に降り立った彼の目の色は
もっとも深い緑色で
あたかも大西洋を隔てて
緑の葉が彼を　故郷アイルランドへ
たぐりよせる夢を見ていたかのようだ。

彼の本を開いて　わたしは
書いた——墨をわずかにつけた
剛毛の筆が　湿らせた紙の
うえに痕跡を残しつつ
詩の池を　光へと誘う

月は欠けてゆく弓
鼓動をとくとくと刻むうちに　彼の
目の前で大地が退いていき
満潮線がページの端まできれいに洗って
船をしっかり繋ぐ――星々が

彼を無事に連れ帰ったので
夜空にますます光を放ち
頭上で回転しながら　新しい星座になる
その姿は　鰭《ひれ》あるものや毛皮をまとうもの
というよりは　羽毛をまとうもの。

こんどまた　冬が来たら
彼は　わだつみの夢を
眼のなかに　呼び戻すだろう。
立ち上がり　出かける朝には
彼の目は　もっとも深い青色になるだろう。

狼の木《ウルフトウリー》　The Wolf Tree

マーガレット・ドーガンに

狼の木《ウルフトウリー》を見つけるには　なにより技の熟練が求められる。
簡単と言えなくもないが。肝心なのは動きがないこと。
森の中をじっと見て　見つかるまでひたすら目を凝らす
狼の木《ウルフトウリー》は　側生の植物で
幹から出た枝が　横に伸びるのが常。
見て　よく見て　さらによく見て　きっと心配になる
この森では　狼の木《ウルフトウリー》は見つからないかも
すると急に　視線にひっかかるものがある――図形の
混乱だ　まわりがすべて垂直な中に　突然
水平方向の線　それこそ目指すもの。最初の狼の木《ウルフトウリー》を見つけたら次の木を見つけるための視力は　もっと鋭くなっている。
容易ではないにせよ　最初ほど難しくはない。

狼の木《ウルフトゥリー》は覚えている　開けた平原の中で
唯一の木だったときのこと。覚えているのは
光をめぐる競争など無かったこと。
平原で　木はたった一本だけ
風と　雨と　祝福された太陽を　ひとり占めしていた。
狼の木《ウルフトゥリー》は太古の木　いわば原初の記憶をもつ木。

その後　船の帆柱や　木の実や　種子が芽を出して
風で　あるいは獣の脇腹にくっついて　運ばれ
または　鳥の糞に混じって落ちて
根付いていった木々が　育っていき
光に向かって伸び　光を求め　競い合い
まっすぐ上に伸びて　狼の木《ウルフトゥリー》を覆い隠し
ついには　最も鋭く孤独な目以外の　すべてから隠してしまう。

もしも　あなたが　この地球が育てたすべての森の
すべての木を通して　過去に遡る夢を見て
中で最も古い原初の木　例えば胞子から発生したと
信じられている　アルカエオプテリス*となって
そのシダ状の枝を通り　てっぺんまで登ったとしよう——
想像してみよう　上から見下ろす平原を
想像してみよう　登るにつれて広がる眺望を
狼の木《ウルフトウリー》が　その葉を解くより前の姿は
誕生直後のあなたみたいに
震えて　はだかの　覆うものも無い　太古のままの姿
自身の原領地で　むきだしの晒しもの
砂漠の砂があなたに向かって押し寄せる
高まってくる圧力　原初のダイヤモンドの痛み。

*知られる限り最古の木とされており、その学名 *Archaeopteris* は「古代の羽」を意味する。デボン紀中

期から石炭紀前期に生息し、シダ植物のうち裸子植物の祖先にあたる前裸子植物に分類される。

ジョアン・ブリーンを偲んで

In Memory, Joanne Breen

ストーノウェーの紡ぎ工房で縒り上げられた
一本の毛糸を　指先でもてあそぶ。
夏の牧草地みたいな緑の毛糸を
時計を戻す方向にねじってみると
青　緑　紫　ときにはだいだい色の
繊維が縒り込まれているのがわかる。

わたしはそうやって毛糸をほぐしながら
紡ぎの魔法をほどいている。

わたしたちが彼女を埋葬した日――ハリエニシダは金の炎を燃やした。

わたしたちは彼女とともに夏を埋葬した。わたしたちは
五月の成層圏の雲を埋葬した。わたしたちはツバメたちを埋葬した——
陸地と海を縫い上げる鳥　美しい空を黒々とした大地に
接ぎ合わせ　その闇を開かせた鳥たちを。

わたしたちは彼女の肉体の歌を埋葬し　その歌が約束した
結婚と　子どもたちと　しごとのすべてを　土に埋めた。
彼女が足取り軽く歩んだ地面　その地面を素材にして
イルカや鮭や白鳥をタペストリーに織り込むとしたら　彼女はきっと
こんなふうにしただろう　そんなやりかたで　埋めた
縦糸も　横糸も　反物も　染料も　定着材も　いっさいがっさい。

ストーノウェーの紡ぎ工房で縒り上げられた
一本の毛糸を　指先でもてあそぶ。今は真冬だから
煙突のなかで風が泣き叫んでいる。
すきま風でろうそくの火が揺れ

壁に映った影も揺れて
そして息づかい――息が記憶にふれて　もつれる。

昔々　ある春の季節　裏の野原に立つブナの
老木の枝々のまんなかに　少女だった彼女がいる。
ロープをぐいっとつかんでジャンプすると――

犬も　雲も　生け垣も
屋根も　干し草を入れた納屋も　雌牛も
小川も　ムクドリも　牛小屋も
蜜蜂も　丘も　村も
全部　いっしょに回った――ぐるぐるして　目が回って　げらげら
笑いながら　彼女はわたしたちの愛の腕の中へ　弧を描いて着地する。

原っぱが死んだ

Death of a Field

原っぱが死んだ　フィンガル区公社による
住宅地四十四区画造成予定地　という告知板が立った朝のことだ
原っぱの記憶は　いっせいに刈り取られる草とともに消去

とはいうものの　モリバトは柳に
フィンチはサンザシの生け垣の残骸に
セキレイはニワトコの木に　それぞれとまって
空きっ腹の夏のうたを歌いつづける

カササギは空を飛ぶカスタネットみたいな声をあげる

原っぱの記憶は　草が刈り取られたら一巻の終わり
焼けるようなノコギリソウの望みを知るひとはいない
真っ赤になったルリハコベの気持ちを知るひとも
ほんとうの色はダイダイなのに

原っぱが死んだら　隠れ家の穴もおしまい
はじめてのタバコにハシッシュ　身体をもとめあったところ
ふと見ると　ニオイナシカミツレモドキが咲き乱れていたのに

みんなの原っぱが死んだら　住宅地が生まれる
植えつけられる家々には　寝室が二部屋　三部屋
悲しみと化学製品の巣には　幸せの荷物が届く

タンポポが死んだら　フラッシュの出番
ギシギシが死んだら　プレッジのはじまり
ラシャカキグサが死んだら　ソリエールだ

サクラソウが死んだら　ブリロのお出まし
アザミが死んだら　バウンスがやってくる
リンボクが死んだら　オキシアクション
ヒメフウロが死んだら　ブラッソがくる
コゴメグサが死んだら　フェアリーの天下

さまざまな草の死を数えることは　芽吹かずに終わった
たねの死を数えるのと同じなのに　それを知るひとはいない

　　　　　　　　　　　　　　　　　月の下　わたしは
裸足で歩き出そう　原っぱを足の裏で知りたいから
たくさんの種類の葉っぱの　緑のいのちが
うたを歌っているのを聞きたいから
数え切れない存在の循環が羽ばたくこの原っぱを

それというのも　この原っぱがどこかの建築業者の
パソコン画面のなかで　昔の地図になってしまうまえに

わたしのものにできるかもしれないから　もしかしたら
原っぱのほうがわたしを夜露にくるんで　原っぱのものにしてくれる
かもしれないから　原っぱがかぶせてくれる月白の羊膜はすべすべで
輝いていて　羽ばたきするごとにおびただしいたねを撒き散らすから

雑草取りはいたしません

Not Weeding

イラクサ　イバラ　それからナズナ――
裏の空き地に建物がたつことになったので
避難してきた草たち

未開地からやってきたこのスパイたちは
かつては不倶戴天の敵だったのですが
今ではわたしの大切なお客様です

聖人伝
Hagiography

マイケル・ハートネット[*1]文学祭から　たった今帰ってきたところ。
大笑いよね。彼の遺体はまだあったかいというのに。
開発したての住宅地の　表示板の下に住所が書いてあって　地元感たっぷり。
ニューキャッスル・ウェストの　マイケル・ハートネット・クロウス。
立地は最高——だってクール・レインの真向かいだもの。
愛徳姉妹修道会のヒーリング・ストリームズ・
セラピーセンターから道を横切った場所　そこで
雨の中　彼の息子さんと一緒に　しばらくたたずんでいた。

静かな日には川の音が聞こえるところ。
　　　ねえ　聞いて。ジョーン・マッカーナンが
この前　子どものための詩のワークショップをしたときにね
マイケル・ハートネットって聞いたことあるかしらって質問したら
「先生　マイケル・ハートネットに住んでるっす　オレ」って大声で
答えた男の子がいたんだって。そのセリフがマントラになって
まるで雲母のかけらみたいに　他の生に生まれかわるまでの間の
バルドゥ[*2]から舞い降りてくるのが　わたしにはわかったの。
で　はっと気づいた瞬間　わたしの頭にそれが刻み込まれたわけ。
それでは　みなさんご一緒に――マイケル・ハートネットに住んでるっす。
ハートネットに住んでるっす。ハートネットに住んでるっす。

＊1　詩人（一九四一－一九九九）。アイルランド南西部リムリック州の町ニューキャッスル・ウェストの出身。幼少時、祖母からアイルランド語を聞き覚えた。英語詩人として出発したが、十年間ほどアイルランド語だけで書いていた時期もある。ふたつの言語による詩集を多数出版し、アイルランド語古詩の英訳もした。毎年四月、彼の功績を記念して、ニューキャッスル・ウェスト市内で〈マイケル・ハートネット文学祭〉がおこなわれる。

＊2　「中有（ちゅうう）」。死んでから次の生を受けて生まれ変わるまでの、意識の中間的状態のこと。

ハンナおばあちゃん　Hannah, Grandmother

ハンナ・マッケイブに

一番寒かった十一月の日
耳元でおばあちゃんの声——
神父様ニャア　ナンニモ言ッチャイケナイヨ。
わたしは十二歳　それとも十三歳だったかしら。
心ガケガレテルンダカラ。
罪ハジブンノ心ニ　秘メテオクモンダヨ。

連中ヲゾクゾクサセテヤルコトハナインダ。

ダーティー・オウル・フェッカーズ。

鳥とか蜜蜂とかに　おびき寄せられるみたいに
聖母像の前にひざまずいた　おばあちゃん
人生の現実をつかさどる　わたしたちの聖母が

たたずんでいるのは　懺悔聴聞室のすぐ脇——
オークのドアは棺桶のフタみたいに　音もなく閉まる
ていねいな木工仕上げにワックスをかけて
緩衝器までついているから。

この詩の　きっちりこしらえた箱のなかで
おばあちゃんの声は　消え入る。

おばあちゃんは　目を閉じて
組んだ両手に触れんばかりに　おでこが下がる。
おんなから　おんなへの
一心不乱の　お祈りがはじまる。

聖ヨハネとわたしのおばあちゃん——頌歌

St. John & my Grandmother——an Ode

わたしは　パトモス島*に目を凝らす
黙示録が聖ヨハネに授けられた島。
朝　ときどき地平線上に浮かぶ島は
地元のひとたちが付けた「石の船」の名にふさわしく見える。
また　別の朝には
修道院が見えることもある——
緑の森の下　岩の上の白いシミのような形
豊かな緑の木陰を作るのは　どんな木々か
想像する　わたし。
　でも　ほとんどの場合　島は霞に隠れて

実態のない噂のような存在。わたしが恐ろしいのは
聖ヨハネの見た世界の終りの幻想よりも
黙示録が忌まわしいやり方で利用されていること――
永遠の今を描いた　幻覚の夢風景
その真の価値は　今を写す磨きぬかれた鏡であること
なのに　それでは満足できない。
「神の御言葉」と呼ぶのは　私みたいなひとにとって
常に悩みのタネ。今までもずっと。そして未来でも。

思い出すのは　私の母のそのまた母のメアリーのこと
福音を信じようなどという骨は　全身探したってどこにも無く
ありのままの世界を　心底　愛していたひと。
おばあちゃんが欲しいものといえば　咲き乱れるライラックの花
ライラックが萎んだら　次は　咲き誇るバラ。
でも　単純なひとなんて思ったら　まったくの大間違い。
ありとあらゆる家庭内の謎の　権化みたいなひとで
正真正銘の月の娘　しかも光り輝いていて

朝になってカーテンを開けるよりも早く
冬であろうと　夏であろうと　やかんが沸騰しているあいだは
集まった娘たちに夢を語って聴かせた
夢の登場人物を待ち受けたのは　聖ヨハネと同じく　大厄災。
夜中に死んだのは誰か　おばあちゃんは知っていたし
誰が負けて　誰に赤ん坊ができるかも　ちゃんと知っていた。
この世は　いつも悪い前兆であふれていて
あらゆることは　なにか別の意味を表していた。
わたしは聞かなかったことにされていた　おばあちゃんの夢は
聴き手を釘付けにし　恐怖に慄かせ　警告し　罪を許す夢。
彼女の夢は　まともな道から外れた
素行の悪い娘たちを　拷問にかける道具だった。
おばあちゃんの夢の語り口が　わたしの詩の入り口
彼女が書かなかった本に導かれ　生きて死んでいくのが　このわたし。
例えば　ここにある　おばあちゃんが見たマリーの夢
一九五〇年代のロンドンで働くために
家を出た十七歳の次女　でも　そんな場面を

おばあちゃんには空想するしかなかったはず　だって
ダブリンを出たことすら無いひとだったから。　「そこで　アタシは乗り込んだ
ホーリーヘッド行きの船に　次は　ユーストン行きの電車。
それから地下鉄に乗り換えた　ノーザンラインさね
でも　客は誰も乗ってなかった
アタシと　運転手の黒人だけ。
エンジェル駅で降りて　アタシは通りにあがっていった。
そこには　人っこひとりいない。何の物音もしない
足元には　まるで秋みたいに枯れ葉ばかり。茶色や
金や黄色　それに赤い血の色の葉っぱの絨毯が
ずっとマリーの家まで続いてるんだ。戸口に着いた。
ドアが大きく開いてる。マリーって呼んでみた。それから　もっと大声で
マリー　マリーって。でも物音はしない。アタシは戸口から中に入った。
家の中も　足元は葉っぱだらけ
階段のずっと上の方まで葉っぱ。アタシの膝くらいの深ささ。
マリーの寝室のドアが開いていた。アタシは　中に入った。
膝まで枯葉に埋もれたよ。アタシはマリーの衣装ダンスまで進んでいった。

タンスの扉を引き開けると　目の前に何があったと思う
なんと　めった切りでバラバラになった　マリーの死体さ。
そのうえ　衣装ダンスから　血が川みたいに流れ出て
アタシを波のように押し流すから　階段を転げ落ちて
正面玄関からも押し出されて　人影もない通りに出た。
なんの物音もしない。人っこひとりいない。
あるのは　ただ葉っぱと血。葉っぱと血ばかりなんだよ。」
わたしは　たまに　この夢を受講生たちに話して聴かせる
ただし　教訓的な解釈はだめ
わたしの詩は　どこから来るのかと　尋ねられたら
どこから始めたって構わない
メアリー・マッカーシーが語る　娘たちのための夢の歌
聖ヨハネが見た幻想と同じ　終末的予言。
初めてわたしが聴いたのは　物心つくよりも前だった。
夢の一言一言が　わたしにとりついて
半世紀にもおよんだ。今こそ　一編を書きとめよう
パトモス島に目を凝らしつつ　島は三段櫂船のように

動いて　わたしから離れていき　霞の中に入る
その霞の中から　ふたりとも出てきたのだ――
メアリー・マッカーシーと　福音書記者ヨハネ。

＊パトモス島はエーゲ海南東部に位置するギリシャの小島で、ローマ帝国の流刑地として使われていた時代に、イエス・キリストの弟子ヨハネもこの島に流刑となった。彼は島の洞窟で神の啓示を受け、弟子とともに『黙示録』を著したといわれ、一〇八八年にはヨハネに捧げる大聖堂・聖ヨハネ修道院が建設された。

ホウスの丘で　On Howth Head

五月　またの名を
ビャルタネ　ベルタン　バールの火

燃え上がるハリエニシダが
石の上に花を落としている今

テオが隣にいたのを思い出す
去年の秋の暑かったあの日

ハリエニシダのさやがいっせいに破裂して
丘いちめんに無数の種を散らしていた

その丘が　今日はぐるり一面
炎を上げている。

スノードロップ

Snowdrops

長いあいだ　描いてみようとして　うまくいかなかった
コンクリート歩道に落ちる　スノードロップの花の影。
花の色は　白というより　緑を晒しきった白さ
地面に膝をついて
花びらを少しだけ傾け　中を覗いてごらん
ペチコートの下に見えるのは
隠されている日の光　みたいな
金色の陽だまりと

小さな　縞模様の　緑の日除けが三つ
ささやかな祝祭の気分を盛り上げている。

今日は　二月一日*
花束にしようと　あやうく摘んでしまうところだった
死期のせまる友よ　あなたのために　でも思い出した
どれほどあなたが　花は摘まずに枯れるに任せ
土に戻らせるほうを好むかを　そうすれば
株は強くなると教えてくれたのも　あなただった。

*ケルトの暦によれば春の始まり、またアイルランドの女性守護聖人である聖ブリジッドの祝日でもある。

コーダ——灰黒色《ペインズ・グレー》　Coda: Payne's Grey

雨を絵に描こうとして

くる日もくる日も
雨の中へ出かけていく

こぬか雨　にわか雨　どしゃ降り

でもまだ　ちょうどいい
春雨には　出会っていない

ぬるくて　おもくて　ゆっくり降る

春の雨　雨粒のひとつひとつが
はっきり見える　完璧な雨を

待ちかまえる

この川縁からのぞき込むと
記憶の葉が　ほら　ひとひら

水かさの増した流れを下ってくる

氾濫しそうな　黒い川が
幅を広げたら　その先はやがて海。

ジェオマンティック／土占い *Geomantic* より

贈りもの　The Gift

わたしの名付け親が　死の床で
語ってくれた　二歳のわたしの思い出
メアリーおばあちゃんの庭で
初めて言葉を話し始めたころの　わたし。
見るものすべてを支配する女王さまみたいに
「よし　よし　よし」と　手を振りながら
蜜蜂　ハエ　虫　スズメバチ　鳥に　そして青く
雲ひとつない空にむかって　創造の御技をふるう
わたしの王国を取り囲むのは　甘い香りを放つイボタの垣根。

島

The Island

イカリア島の　われらが「蜜蜂の羽音がうなる林の空き地」*に
戻ってきた。今朝　鷹たちは
山上の凪いだ空にぽっかり浮いている
台所の中に滑り込んできた一匹の蛇は
長さ三フィートの優雅な恐怖　猫はと見ると
日差しの中でまどろむ　村の痩せ猫たち
そして　昨夜　梟が何かに怯え　急に
飛び立ったせいで　不安にかられ　獣になった
わたしたち　海に囲まれた庭を見張っている。

＊ W. B. Yeats の「湖の島イニスフリー」（栩木伸明訳）から理想郷を描く言葉を借用し、詩人が毎年滞在するギリシャのイカリア島を描き出している。

海の祠

The Sea Cave

彼女*に近づけるのも　生身では
ここまでがやっと　暗い闇の中へ泳ぎ入り
洞窟の奥深く　温泉の湧き出るあたりで

水面に浮かび　彼女の羊水の夢
子どもたち　夫　家庭の夢に　身を委ねる。
ちらちらと光の瞬くあたりで　群れ泳ぐヒメハヤたち

わたしの血管を脈打ち流れる　記憶の群れのよう
わたしを落ち着かせ　罪も許される　もはや定かではない
聴こえるのは　彼女の心臓の鼓動　それともわたしのものか。

＊狩猟と貞潔を司る女神アルテミスを指している。彼女の神殿や神秘的な伝説が残るイカリア島の、海の祠での体験。

最後の教訓

The Last Lesson

空想《ロマンティック》めいてて　土占《ジェオマンティック》いみたいで　こっけい《アンティック》
空から見ると　地球は　小さな緑の野っ原
秋の色の生け垣に囲まれ　ぐるぐる　ぐるぐる
回るうち　冬の　白と黒の魔法にかけられ
人間の愛をかたどる絵文字となって
わたしたちの切なる願いを　天に伝えている。
頼りない滑空機《グライダー》が　突然　神話*となって
一瞬のあいだ静止する　人の手による細工物は
学んで得た知識よりも軽いと　証明するかのよう。

＊人間が時空を超越する試みの寓話として、イカロス神話を思い起こさせる。伝説によれば、イカリア島の近海でイカロスが空から海に墜落したという。

メモリー・スティック

The Memory Stick

高いところ　低いところ　いたるところを探しながら
一分ごとに増していく　不安
金属とプラスチックを合体した　縦横一インチの正方形
中に詰まっているのは　一夏のすべてを費やした仕事――
頌歌《オード》に哀歌《エレジー》　バラッドに
レトリックに欠陥を抱えたソネットの　それぞれ一編ずつ
でも　いざとなれば　まだ取りもどせる
いったいどこに置いたのか　それさえ思い出せたなら
光沢のあるケースに納められた　あのメモリー・スティック

嵐

The Storm

わたしたちが最初に出会ったのは　生け垣の
ブラックソーンの花がまっ白な季節。一九九〇年
二月の嵐が吹き荒れて　老いたオークの木々を

なぎ倒し　天井の垂木をゆさぶり
飛行機は離陸できず　すべての港も閉じられた
その嵐が　ふたりを選んで　引き合わせた。

町に辿り着いたばかりの　難民みたいに
ふたりで　厳しく美しい言語を創っているうちに
春から日長な夏まで　時が過ぎていた。

詩

The Poetry

わたしの中に叩きこまれたのか　それともわたしの中から
打ち出されたのか。　それが原初の疑問　絶えざる疑念。
決して確実でなく　決して確信できない　果たして
歌の進む方向が正しいのか。　間違えることがあまりに
多いので　失敗こそが　夜明けまで長い
夜の旅路の　真の友。　とつとつと語る
わたしの幽霊たちにだって　発言権はある

母親に　教師に　迷子　彼らは語るのをやめない
夜明けの光が　冷酷にも穏やかに　差してくる時刻まで。

年譜

一九五五年～一九七一年　一九五五年に六人姉妹弟の長子として生まれる。ダブリン北部の下町で育ち、セントラル・モデルスクールに通う。その後フィングラスに家族とともに移住し、女子修道院付属の中等女学校ホーリー・フェイス・シスターズに通うが、中途退学し、独学で中等教育を修了する。この頃、地元のバンドのために歌詞を提供したり、友人とともに詩を雑誌に発表する。高等教育をホワイトホール・ハウス・シニア・ガールズ・スクールで修了する。

一九七二年～一九八三年　十七歳でトリニティ・カレッジ・ダブリンの英文学科に入学し、在学中は学費を稼ぐためにバーやレストランでアルバイトをしたり、子ども向けの路上演劇の団員として活動した。卒業後はヨーロッパ中を転々とし、ドイツとギリシャのクレタ島ではしばらく定住している。一九八一年から二年間、東ワシントン大学の創作科に奨学金を得て留学、詩を専攻し、修士号を取得する。創作科で師事したゲーリー・スナイダーに大きな影響を受ける。その後、果樹収穫の仕事をしながらアメリカ北西部をコロンビア川に沿ってサンフランシスコまで旅する日々を送った後、ダブリンに戻る。

一九八四年　初の詩集、『戻れば責なし』（*Return and No Blame*, Beaver Row, 1984）をビーバー・ロウ社（すでに廃業）から出版。アイルランド文学研究者W・J・マコーマックは書評誌「ブックス・アイルランド」（一九八五年十月号）で、「有望で魅力的な作家」であり、「われわれはもっとポーラ・ミーハンを知るべきだ」と評した。

一九八六年　二作目の詩集『空を読む』（*Reading the Sky*, Beaver Row, 1986）をビーバー・ロウ社から出版する。

一九九一年　既刊二冊の詩集から選んで改作した作品群に新作を加えて、『冬の刻印を受けた男』（*The Man Who Was Marked by Winter*, Gallery, 1991）をギャラリー・プレスから出版、アイリッシュ・タイムズ主催の文学賞の最終選考に残り、世の中に広く知られるようになる。アイルランド女性詩の開拓者イーヴァン・ボーランドは、「シャナク：文学・文化・芸術ジャーナル」vol.5, 1 & 2 (Spring & Fall 2009, pp.17-24) に掲載されたエッセイ「未完の仕事：ポーラ・ミーハンの共同芸術」の中で「初めて『冬の刻印を受けた男』を開いたとき、その構成に驚嘆した」と回想している。

一九九四年　ギャラリー・プレスから詩集『睦言』（*Pillow Talk*, Gallery, 1994）を出版し、アイリッシュ・タイムズ主催の文学賞の最終選考に残る――「この画期的な作品では、公的な世界が私的な世界に調和するよう、丹念な調律がおこなわれている」（『睦言』裏表紙の惹句から）。

一九九五年　マーティン・テューンダー文学賞を受賞する。

一九九六年　『冬の刻印を受けた男』と『睦言』から作品をセレクトした選詩集『家庭の神秘』（*Mysteries of the Home*, Bloodaxe, 1996）をイングランド北部ニューキャッスルの詩専門の出版社ブラッドアクスから出版する――「素晴らしい活力と温かみのある音色。テーマは大胆で、彼女自身の作品だけでなく、現代アイルランド詩の新しい領域を切り開くものである」（「アイリッシュ・タイムズ」紙におけるイーヴァン・ボーランドの発言）。

一九九八年　バトラー文学賞（詩部門）を受賞する。

一九九九年　初の戯曲『ミセス・スウィニー』（*Mrs Sweeney*, New Island, 1999）をニュー・アイランド社から出版する。

二〇〇〇年　二作目の戯曲『独房』（*Cell*, New Island, 2000）をニュー・アイランド社から出版する。演劇人であり演劇研究者のアイリーン・デン・ジャクソンは、「シャナク：文学・文化・芸術ジャーナル」vol.5, 1 & 2 (Spring & Fall 2009, pp.169-179) に掲載された論文「ポーラ・ミーハンの収監劇における卑賤の抒情性」の中で、「ミーハンは一貫して、自身の詩的な手法を演劇に取り入れることで、伝統的な物語の様式を活性化し、再認識させようとしてきた」と評した。

詩集『真の姿――ダルマカーヤ』（*Dharmakaya*, Carcanet, 2000）をイングランド、マンチェスターのカルカネット社から出版し、デニス・デヴリン記念賞を受賞する――「詩が歌をうたえるなら、ミーハンは完璧な音程を持っている」（「ミッドウェスト・レビュー」誌）。

二〇〇六年　IASIL JAPAN と愛知淑徳大学の招きによりテオ・ドーガンとともに初来日し、愛知淑徳大学と早稲田大学で講演会とポエトリー・リーディングを行い、東京芸術大学を訪問して音楽学部の学生たちと交流する。

二〇〇八年　ラジオ放送のための戯曲、『犬のための音楽』（*Music for Dogs: Work for Radio*, Dedalus, 2008）

をデダラス・プレスから出版する。エーモン・ケリーは「ブックス・アイルランド」（二〇〇九年三月号）で、「ラジオのために書くという彼女のアプローチは、聴覚的なコミュニケーションとエンターテインメントの可能性に常に注意を向けているため、非常に有利」だと述べた。

二〇〇九年　『雨を描く』（*Painting Rain*, Carcanet, 2009）をカルカネット社から出版――「この作品集は、ミーハンの素晴らしい技巧を示すものである。ソネット、短歌（日本古来の詩の形式）、連作、自由詩による短い詩、韻の微妙な使い方。ミーハンはすべてをこなすことができる」（「女性の書評」誌の記事）。

二〇一二年　名古屋アイルランド文化研究会主催の講演会に講師として、ダブリンからスカイプを使い、リアルタイムでリモート出演する。

二〇一三年　『家庭の神秘』（一九九六年刊）の版権を取得したデダラス・プレスが同詩集を再出版（*Mysteries of the Home*, Dedalus, 2013）する。任期三年のアイルランド詩学教授に就任する。

二〇一六年　『ジェオマンティック／土占い』（*Geomantic*, Dedalus, 2016）をデダラス・プレスから出版。

二〇一七年　イギリスの主要な文学賞であるチャムリー賞を受賞する――「野原、街角、登場人物など、対象が何であれ、彼女は全く地に足の着いた、それでいて魔法のような言葉を発する」（審査員パスカル・プティによる講評）。

二〇二〇年　選詩集『まるで魔法のように』（*As If by Magic*, Dedalus, 2020）をデダラス・プレスから出版――「ミーハンの選詩集は、自分の型をマスターすることに捧げた人生を示していて、「炎の舌」は、ダブリンでの幼少期から広がる情熱的で丹念な詩の中に常に存在している」（作家マルティナ・エヴァンスによる「アイリッシュ・タイムズ」紙の評）。

ポーラ・ミーハンの詩についてもっと知りたい人のための読書リスト

大野光子（選・編）、河合利江、山田久美子「「今」を語るアイルランド女性詩人たち——Tynan から Boland, Ní Dhomhnaill そして Meehan へ」『EVERGREEN』第十八号、愛知淑徳大学英文学会、一九九六年。

独立の機運が高まった一九一〇年代から、女性の地位向上を目指す活動が様々な形で結実し始めた一九九〇年代に至るまで、各時代のアイルランドを代表する女性詩人の作品の翻訳及び解説が提示されている。ミーハンの作品としては「常備軍」、「あなたのミューズじゃない〔わたしを崇めないで〕」、「寝物語〔睦言〕」、「母なる亡霊の慰め〔母の亡霊が慰める〕」、「民衆の間を歩く女《ひと》」、「傷ついた子供〔傷ついた子ども〕」が取り上げられている。

大野光子『女性たちのアイルランド——カトリックの〈母〉からケルトの〈娘〉へ』平凡社、一九九八年。

古代ケルト神話から現代文学・文化にいたるまで様々な資料を用いて俯瞰し、アイルランド精神史の中で女性がテキストとしてどう読まれてきたのか、表現する立場の女性たちはどのような役割を果たそうとしてきたのかを読み解く。ミーハンの詩としては「母なる亡霊の慰め〔母の亡霊が慰める〕」を取り上げ、母と娘という女性同士の連携について論じている。

谷川冬二「ポーラ・ミーハン（Paula Meehan）――詩法の意義とその背景」風呂本武敏編『ケルトの名残とアイルランド文化』溪水社、一九九九年。
ミーハンが詩の中で語る「私」とはどのような存在なのか、作品中の家族や共同体との関係性から考察した論文。「型紙〔あの女《ひと》の生き方《パターン》〕」、「帰宅して咎めなし〔戻れば責なし〕」、「子の埋葬〔子を葬る〕」、「大集会〔年次大会〕」が論じられている。

大野光子、栩木伸明「現代アイルランド詩人ファイル」「ユリイカ」二〇〇〇年二月号（特集・アイルランドの詩魂）、青土社。
当時活躍していたアイルランドの詩人八人の略歴と作風を紹介する。大野はミーハンの詩「グラナードの聖母像は語る」、「ベルリン日記　一九九一年」、「家〔帰る場所〕」を取り上げて、ウィットや共感力、名もない人々の声になろうとする姿勢を読み取っている。

大野光子、栩木伸明ほか「特集・いま、アイルランド詩」「現代詩手帖」二〇〇一年十月号、思潮社。
ノーベル文学賞受賞詩人、シェイマス・ヒーニーを筆頭にアイルランド詩の現在を理解する上で欠かせない十人の詩人の略年譜と作品の特徴が示されるとともに、詩や随筆の翻訳が掲載されている。ミーハンについては詩集『ダールマカーヤ〔真の姿――ダルマカーヤ〕』の解説とともに「雷が家で鳴ってるよ」の栩木による邦訳が掲載されている。

栩木伸明『アイルランド現代詩は語る――オルタナティヴとしての声』思潮社、二〇〇一年。
著者が一九九六年から翌年にかけて一年間アイルランドに滞在し、インタビューをした詩人十一人の生の声を紹介する。そのインタビューは、個々の詩人の作品を深く読み込んだ上でおこなわれ、ミーハンへのインタビューでは、彼女の作品のキーワードともなる「部族」についての考えが作品への理解を深める貴重な内容となっている。本文中で邦訳・引用されているミーハンの詩は、「祝福」、「常備軍」、「あなたのミューズじゃないの〔わたしを崇めないで〕」、「居場所〔帰る場所〕」。また、「民衆のあいだを歩く女」についての言及も本文中にある。さらに、「詩篇」というコーナーが設けられていて、「ララバイ〔子守唄〕」、『聖フランシスの幻になった父』、「子供のダブリン・マップ〔子どものダブリン・マップ〕」、「ラバーナム／キングサリの木の花〔キングサリの花〕」、「自叙伝」の全訳詩が掲載されている。

河合利江、河口和子「20世紀アイルランド詩を読む――Michael Longley 選編 20th-Century Irish Poems から見たアイルランド」*Language & Literature (Japan)* 第十五号、二〇〇六年。
詩人マイケル・ロングリーが二十世紀を代表するアイルランド詩人たちの作品を編纂したアンソロジーの中から七編を選んで精読し、分析と解釈を提示する。ミーハン作品では「子の埋葬〔子を葬る〕」を取り上げて、女性の生物学的な性の特徴を強烈な印象で描き出すこの詩の考察をおこなっている。

河合利江「伝統の語り直しと複数の「私」」東海英米文学会編『テクストの内と外』成美堂、二〇〇六年。

表層の自己と深層の自己との関係を表現する詩として「自叙伝」、「闇のもうひとり〔黒い分身〕」、「寝物語〔睦言〕」、「冬の刻印を受けた男」を取り上げ、自らのアイデンティティとそのルーツを掘り下げることで、アイルランド文学の伝統にどのように対峙しているかについて考察した論文。

栩木伸明編訳　Theo Dorgan & Paula Meehan, *The Sailor and the North Star: New Poems*, Nobi Press, 2006.

ミーハンと彼女の公私における長年のパートナーであるテオ・ドーガンの来日に合わせ作成された英・日対訳詩集。両詩人の作品が合計十五編、翻訳と原詩が収録されている。ミーハンの作品は、「原っぱが死んだ」、「聖人伝」、「ハンナおばあちゃん」、「ジョアン・ブリーンを偲んで」、「雑草取りはいたしません」、「灰黒色——ペインズ・グレー〔コーダ——灰黒色《ペインズ・グレー》〕」、「タンカ——船乗りのための守り本尊〔短歌連作〕」が収録されている。

栩木伸明編訳「船乗りと北極星より——テオ・ドーガン／ポーラ・ミーハン」「現代詩手帖」二〇〇七年二月号、思潮社。

Theo Dorgan & Paula Meehan, *The Sailor and the North Star: New Poems* をもとに、ミーハンとドーガンの詩が計七編取り上げられていて、両詩人の紹介と翻訳、それぞれの詩の解題がある。ミーハンの作品は「原っぱが死んだ」、「ジョアン・ブリーンを偲んで」、「雑草取りはいたしません」、「ハンナおばあちゃん」が取り上げられている。

大野光子「二十世紀の女性詩人たち」風呂本武敏編『アイルランド・ケルト文化を学ぶ人のために』世界思想社、二〇〇九年。
二十世紀初頭のアイルランドの社会状況と、社会が求める女性像がどのようなものであったかが提示され、長らく男性が中心であった文学伝統に新たな領域を築く女性詩人として、イヴァン・ボーランド、ヌーラ・ニー・ゴーノル、メーヴ・マガキアン、ポーラ・ミーハンを取り上げている。ミーハンについては詩集『冬の刻印を押された男〔冬の刻印を受けた男〕』、『寝物語〔睦言〕』、『ダルマカヤ〔真の姿――ダルマカーヤ〕』のテーマについての言及があり、個別の詩では「母なる亡霊の慰め〔母の亡霊が慰める〕」の一部を引用し、ミーハンの作風が述べられている。

栩木伸明『アイルランドモノ語り』みすず書房、二〇一三年。
二〇〇九年から一年間のアイルランド滞在中に著者が出会って心惹かれた、様々な「モノ」に関する地理的、歴史的、文化的な背景や、それに関連するアイルランド文学の紹介がある。ミーハンの詩は「ホウスの丘で」が取り上げられており、作品の舞台であるホウス岬の自然豊かな風景を知るために助けとなる記述がある。

西谷茉莉子「主要な現代詩人たち：詩人たちによって生成され続けるダブリン――キンセラ、モンタギュー、ミーハンの場合」木村正俊編『文学都市ダブリン――ゆかりの文学者たち』春風社、二〇一七年。ミーハンの生まれ育った都市ダブリンに住む人々とその歴史が、彼女の詩作にどのように取り込まれ、提示されているかを論じる。インタビュー記事や「私が詩人になった瞬間」、「インナーシティの失われた子供たち」という二編の詩が議論の対象になっている。

栩木伸明『ダブリンからダブリンへ』みすず書房、二〇二二年。

ダブリンを幾度となく訪れたり、現地の詩人の家に暮らした経験を持つ著者が、そこを拠点に広がる人々との交流や、関連する多様な文化・文学を縦横無尽に描く。ミーハンの詩の舞台になっている地名もあちこちに登場し、詩の背景をより鮮明に想像する助けとなる。彼女の詩の朗読会に初めて参加した時に著者が受けた衝撃の大きさや、その後の交流なども語られている。ミーハンの詩は「タマキビガイを買いにいくとき〔巻貝を買いに〕」が取り上げられ、この詩の舞台であるダブリンの地区の空気感や、詩に登場する「タマキビガイ」を売る女性のイメージの源流を知ることができる。

（年譜・読書リスト作成：河合利江）

ポーラ・ミーハンの魔法を解く鍵　あとがきにかえて

本書『まるで魔法のように　ポーラ・ミーハン選詩集』は、過去三十年以上にわたり豊穣な現代アイルランド詩の重要な一角を担ってきた詩人ポーラ・ミーハンの代表作六十編の訳詩集である。二〇二〇年ダブリンのデダラス出版から刊行された詩集 *As If by Magic: Selected Poems* を受けた本書は、書名は同じでも内容は同一ではないことを、最初にお断りしておかねばならない。

原詩集には、①一九九一年に刊行された *The Man Who Was Marked by Winter*（冬の刻印を受けた男）から二十五編、②一九九四年の *Pillow Talk*（睦言）から二十四編、③二〇〇〇年の *Dharmakaya*（真の姿――ダルマカーヤ）から二十編、④二〇〇九年の *Painting Rain*（雨を描く）から三十九編、⑤二〇一六年の *Geomantic*（ジェオマンティック／土占い）から八十編と、五詩集から選ばれた作品一八八編が全二八八頁に収録されている。これにより、同年までのポーラ・ミーハン作品のほぼ全体像を伝える詩集となっているし、表紙にはミーハン自身による挿画もあしらわれていて、近年彼女が画家としても活躍していることを伺わせている。さらに付け加えると、同書は装幀を変えた北米版が二〇二一年に Wake Forest University Press からも刊行されている。

他方、日本語訳の本書は、原詩集中の①から十八編、②から二十編、③から四編、④から十一編、⑤から七編の合計六十編を訳出したもので、かなり小規模なものとなる。しかも、実は、その中の五編は *As If by Magic* には収録されていない。にもかかわらず、なぜ同じ書名としたのか？　それは、右記に含まれていないもう一つの詩集 *Mysteries of the Home*（家庭の神秘、二〇一三年、デダラス出版刊）に、この翻訳プロジェクトの出発点があり、後述するようにコロナ禍が影響を及ぼしたからでもある。

だが、書名の意味に解説を加える前に、原作者ポーラ・ミーハンについて、まず紹介しておこう。ミーハンは一九五五年に六人姉妹弟の長子としてダブリンの下町に生まれ、育ち、現在は同市郊外の住宅地に住んでいる。ダブリンのトリニティ大学で学んだのち、アメリカの東ワシントン大学で詩の創作を学ぶ経験を通して、彼女は伝統的なアイルランド文学のみならず、ビート世代に続くアメリカ詩や文化、音楽、さらには禅仏教などに触れ、本書序文でミーハン自身が述べているように、それらから大きな影響も受けている。

ミーハンは既にあげた詩集の他、これまでに合計七詩集と戯曲やラジオドラマ等を発表し、数々の賞を獲得している。一九九六年にはアイルランド芸術家協会会員に選出され、二〇一三年から二〇一六年までは名誉あるアイルランド詩学教授（シェイマス・ヒーニーのノーベル文学賞受賞を記念して一九九八年に創設された国立大学詩学教授ポストで、任期三年の間にクイーンズ、トリニティ、ダブリン大学に一年ずつ在籍する。ミーハンは六人目）に任じられた。その作品はフランス語やドイツ語等十二ヶ国語に翻訳されており、疑いなく現代アイルランド詩を代表する詩人の一人である。

＊

ここで、彼女の生育環境と、詩の背景となるアイルランド社会にも触れておきたい。それらはミーハンの詩世界の根幹を占める要素であり、個々の詩を理解するために不可欠な情報でもあるからだ。

長い英国の植民地時代を経て、一九二二年に独立・発足したアイルランド自由国は、一九四九年に共和国として英連邦から脱退したものの、五〇〜七〇年代はなおまだひどい経済苦境にあり、貧しさに耐えかね移民として国外に脱出する者はあとを絶たなかった。先に、ダブリンの下町育ちと書いたのは、労働者階級のための公共賃貸共同住宅密集地域でミーハンが育ったことを意味するからであり、読者にそうした貧困地区での生活を描く彼女の詩の特異性に気付いていただきたいからでもある。そのような環境の中で、子沢山な家庭の長子として生まれ育った感受性豊かな少女が、周囲の影響、自ら選びとった高等教育と修練によって獲得した詩の言語によって、その後どのような詩世界を作り上げたのか？

たとえば、「巻貝を買いに」や、「雷が家で鳴ってるよ」の語り手の少女は無邪気で、下町の日常をつぶさに観察し、記録し、たくましく生き延びる強さを示している。その少女が、「傷ついた子ども」では心に傷を負った女性を癒し、「子どもを救い出せ／その子の暗い呪縛から」と鼓舞する語り手となっている。また、「握りこぶし」では、「もし　この詩が　わたしの書くほとんどの詩のように／耐えがたい過去に　立ちもどり　過去を書き換えることで／未来を変える手段なら」と記されていて、辛い過去から未来の希望へと詩人の挑戦は続いていることを示すのである。

ミーハンが両親や家族の姿を描くときには、つらい中にも温かみのある日常が織り込まれていて、

「聖フランシスの幻になった父」や「あの冬の父の手」に描かれた父親像からは、父子の情愛が五感を通して伝わってくるようだ。失業中の父が、学校に行く子どもたちの「ポケットの中には　ゆで卵を一個ずつ／手には　しもやけにならぬよう　古い靴下をはめてくれた」が、その手は臨時雇いの過酷な仕事で「腫れていて　生傷から血が出ていた」ことを、娘は決して忘れない。

　他方で母親像は、「あの女《ひと》の生き方《パターン》」では「受け継いだものなんて　ほとんどない」と述べられ、貧しさへの順応も含めて否定的に描かれる一方で、「母の亡霊が慰める」では、「このわたしが　おまえと世のあらゆる災いとの間に　この身と魂を置き／立ちふさがってあげる」と語る亡霊へと変貌する。たとえ願望の中とはいえ、これを書く娘は生前の母が古い時代の因習や貧困なカトリック社会の犠牲者だったことを理解し、とうに和解していたのである。

　また、「そんなに急いで　アタシのお墓に飛びこみたいかい？」や「ハンナおばあちゃん」、そして「聖ヨハネとわたしのおばあちゃん――頌歌」に登場する、奔放ともしたたかとも見える祖母たちはどうだろう。ミーハンが幼かった頃に、文字を読むことを教えてくれた祖父や、思考の基盤を示してくれた率直でたくましい祖母たちが、これらの詩では偽りのない姿で再現されているようだ。

　このように書くと、ミーハンは自伝的詩人であると、読者が考えるのも自然なことだろう。だが、彼女の語る「わたし」は、自伝的要素を含みながら集合的な「わたし」であることも強調しておきたい。ミーハン自身が述べているように、彼女の育った境遇では、読むべき書物こそ身の回りに少なかったものの口承文化は豊かだったので、周囲の〈大人の話に聴き耳を立てる子ども〉だった幼い少女の体内には、読書に代わるさまざまな口承の物語や民話そして歌が染みこみ蓄積されていった。ミーハンの詩には、そのような過去から、下町の人々の生き生きとした声が重層的に表出しているのである。

＊

一九九〇年以後にミーハンが発表した詩の多くが、当時の保守的なアイルランド社会における女性の地位向上への動きに歩調を合わせるものであり、大きな支持と反響を生んだことも、ここで指摘しておこう。この時期にアイルランド初の女性大統領メアリー・ロビンソンが選出され、まさに社会変革が起きつつある中で、「年次大会」や「子どものダブリン・マップ」で描かれた歴史上の過去から、「常備軍」の中で書かれたように、未来に向かう〈言語活動家／ランゲージ・アクティヴィスト〉として詩人たちは民衆の声を伝えたのだった。

ミーハンが女子監獄あるいは更生施設等におけるポエトリー・ワークショップでモデレーターを続けたのは、自身と似た境遇で育ち、不運にも罪を犯した女性たちのエンパワメントのためだった。社会的弱者である彼女たちの声に耳を傾け、時には詩によって代弁するミーハンが、民衆の詩人と呼ばれる所以であり、「彼女のヘロイン・ドリーム」のめくるめくイメージと色の饗宴や、「都市」で暗示される都会の闇や孤独などは、そのような境遇の女性たちとの出会いから生まれた詩であろう。

ミーハンの詩でおそらく最もよく知られているのは、一九八四年冬に人知れず出産した少女の衝撃的事件から生まれた詩「グラナードの聖母像は語る」であろう。「息も絶え絶えのその子がわたしに向かって叫んだけれど／わたしは動かなかった／わたしはその子を助けるために指一本上げなかった／わたしは天に取り次ぐことをしなかった」と語っているのは、聖母マリア像である。カトリック教徒が圧倒的多数を占めるアイルランドでは、どの町や村にも聖母像が祀られているが、このような悲劇を前に、なすすべもなく立ち尽くすしかない聖母を一人称で描いた詩は、驚きと大きな共感をもって迎えられたのだった。

また、ダブリンのスラム街の生活を絵画に託した三編の詩「ヨーク通りを描いた三つの絵」には、遺体で発見された不幸な女性も登場するのだが、こうした詩を書くことはミーハンにとって名も無い不遇な女性たちへの哀惜であると同時に、社会の理不尽への強い憤りの表現でもあった。

こうした暗い詩を書くことについて、ミーハンは、二〇二一年八月の大野宛私信で次のように述べている。「最も暗い素材でさえ、詩に変わるときは光を生み出すということを、翻訳でも意識してください。私が書く詩の中には、読むと気が滅入るような詩もあることは常に自覚しています。世間と折り合って生きていくうえで、詩は私にとって救いの道具でした。現実的にも、精神的にも、詩のおかげで私は生きのびることができたのです」。人として生きる礎が詩を書くことにあったとの彼女の真摯な言葉に、改めて翻訳者一同襟を正したのは言うまでもない。

＊

ただし、ミーハンの詩の魅力は、こうした社会性を帯びた詩群だけにあるのではない。美しい「短歌連作」は、「墨をわずかにつけた／剛毛の筆が　湿らせた紙の／うえに痕跡を残しつつ／詩の池を　光へと誘う」と、アメリカ時代から抱いていた日本への深い思いを伝えているし、限りなく優しい「子守唄」は、未来の子どもの母になる若い娘たちに癒しのメロディーを届けている。それでも、一九九〇年代半ばに至るまで避妊、中絶、離婚が厳しく禁じられていたアイルランドにおいては、この詩は、ミーハン自身の心に沁みる声で朗読されればなおさらに、妊娠や出産に不安を持つ若い娘たちへの励ましのメッセージとなったことだろう。

　また、「島の埋葬」や「夢のフィルター」に見る異なる地域からの民間信仰やフォークロア、それと結びついた「冬の刻印を受けた男」や「侍女」、そして「睦言」などに見る鮮烈なエロティシズム、あるいは「ツークツワンク――追い詰められて」や「わたしを崇めないで」、「コーダ／最終章」など、夫と妻の姿をさまざまに映し出す詩の中に示される男女の心理のひずみや行き違い、時にブラックなユーモアを帯びたひねり、さらには「トゥー・バック・ティム・フロム・ティンブクトゥ」や「帰る場所」における時や場所を超えた歌や豊かな音楽がある。こうした詩は国境をやすやすと越え、何語であれ読む者に訴えかけてこよう。

　詩中に登場する実にさまざまな種類の植物にも触れておこう。コロナ禍で改めて注目された「たね」の中で咲くルピナスや、「スノードロップ」で描かれる自然の凛々しさと美しさは比類がないし、「「わたしのハーブ園のヘンルーダだけでなく……」」、「原っぱが死んだ」、「雑草取りはいたしません」等の詩には、紛れもないミーハンの個性やエコロジカル文学の流れとも呼応する自然観が現れている。「狼の木《ウルフトゥリー》」は、北アメリカ大陸で農地を作るため森林が伐採された後も生き延びた樫の木々を思い起こさせる。開拓者たちには野生の狼のように厭われ排除されたが、樹齢数百年を超えた老木はしぶとく生き残った一匹狼のように自然界のエコシステムを支える貴重な存在と認知されているからだ。

　最後に、押韻九行詩集『ジ・オマンティック／土占い』から選び出された七編にも触れておきたい。

この詩集には、夫とともに毎年夏を過ごすギリシャのイカリア島での日常が反映されており、楽園たる島の自然の中で本能に従って生きるものたちへの視線や、島に残る女神アルテミスの伝説を恩寵と受けとめるミーハンの姿には、苦悩の果てに得られた心の安らぎが感じられるようである。

＊

これまで述べてきたように、国境を超え、現実と夢と自然を縦横に結ぶ変幻自在さこそが、ミーハンの詩の魅力であると確信している。一九九〇年代半ばにいち早くその強い魅力に捕らえられた私たちは、アイルランド文学研究の界隈に限らず、より多くの日本の読者に伝えたいと願い、その機会を待っていた。

ミーハンの詩を最初にまとまった形で日本に紹介したのは、大野が大学院演習のメンバーであった山田、河合とともに執筆した「「今」を語るアイルランド女性詩人たち」と題した報告（愛知淑徳大学英文学会、一九九六年）であり、若い世代の詩人としてミーハンをとりあげて六編の詩を翻訳・解説した。その後、栩木も『アイルランド現代詩は語る——オルタナティヴとしての声』（思潮社、二〇〇一年）において、アイルランドで活躍する十一人の現代詩人のひとりとしてミーハンをとりあげ、五編の詩を翻訳・紹介した。

栩木は同書の中で、一九九四年夏にダブリンで初めてミーハンの朗読を聞いた経験に触れ、彼女の朗読する「声に耳を澄ませると、奇妙に物静かな応援歌を聞いているような気持ちになった」と綴っている。

ミーハンと栩木と大野は、その後もアイルランドを訪れるたびに、また二〇〇六年秋には夫である詩人テオ・ドーガンと揃っての来日を通して、交友を深めた。そして、二〇一三年にデダラス出版が英国の Bloodaxe Books から版権を取得して *Mysteries of the Home* を刊行したのを機に、詩人本人の快諾と励ましを得て、これに収録された三十六編の詩を山田・河口・河合とともに翻訳出版する計画を立てたのである。

当初は助言者として栩木を迎えた勉強会の形で、担当を決めて翻訳を積み上げていく予定だったが、実際に会が実現できたのは二〇一九年秋の一度だけ、次の会を予定した二〇二〇年春にはコロナ禍で断念せざるを得なくなった。その上、大学教員たち皆が経験の無いリモート授業への対応に追われ、翻訳は後回しになりがちな月日が延々と続いた。さらに、日本とアイルランドの間では、一年余り航空便が送れないという前代未聞で予想外の事態も発生した。そのため、二〇二〇年にデダラス出版から刊行された新詩集 *As If by Magic: Selected Poems* が、ようやく再開された航空便でミーハンから大野の元へ届けられたのは、翌年六月末のことだった。

この新詩集の見事に幅広い内容を見て、翻訳者たちが少しでもこれに近い翻訳詩集にしたいと感じたのは当然のことだった。かくして、当初予定した初期詩集から三十六編を編んだ『家庭の神秘』ではなく、それらの全てと、それ以外の詩集からも合わせた合計六十編へと企画は拡大されたのだが、それを短時間で実現できたのは、実にありがたいことに、栩木が著書や詩の雑誌に既発表の訳を、他の訳者たちのために提供してくれたからである。なお、*As If by Magic* に収録されていない「空を読む」「常備軍」「侍女」「雪が家で鳴ってるよ」「ホウスの丘で」の五編を敢えて本書に加えたのは、私たちがミーハンの詩業を示すのに欠かせないと考えたからであった。

追いかけるように、アイルランド文学翻訳助成機関であるLiterature Irelandから、特に二〇二一年度は日本語翻訳出版に手厚い助成を与えるとの募集情報も届いた。これが動機付けとなり作業に拍車がかかったのは言うまでもないが、コロナ禍で遠隔作業に慣れたメンバーたちが、翻訳原稿をリモートで検討しあうことに抵抗が無くなっていたのも大きな要因だったと思う。勉強会の代わりに、山田・河口・河合がそれぞれ翻訳した原稿を大野に送り、大野の手直しや助言を受けて各人が推敲、その改訂稿を栩木に送って助言を得たうえで、さらに最終稿に磨いていく作業が繰り返された。また、栩木訳と大野訳についても互いに確認し合い、全体のスタイル等を統一して完成したのが、本書である。

*

本書の構成は、初期詩集から最新詩集まで刊行順に並べた原詩集の構成に倣っている。しかし、日本の読者には限られた数ながら最大限に楽しみつつ読んでいただけるよう、編集担当の河合が各詩集の中の詩の配列に工夫をこらした。大学院時代にミーハン詩に魅せられた彼女が、「泉」を本詩集の冒頭に置いたことに注目いただきたい。「わたしはこの小道を知っている　目ではなく魔法の力で。」という一行で始まるこの詩は、当初目指した翻訳詩集『家庭の神秘』のプロローグであった。そして、私たちの拡大された詩集は、「夜明けの光が　冷酷にも穏やかに　差してくる時刻まで。」の一行で閉じる最後の「詩」まで、六十編のさまざまな言葉の魔法を、それぞれの訳者の選んだ日本語で繰り広げるのである。

したがって、本書を『家庭の神秘』から『まるで魔法のように』へと改変したのは、〈魔法のような必然〉によるものであったし、世界中を襲ったコロナ禍により、先の見えない時期に産みだされた書物の題名としてはふさわしい選択でもあったと思っている。ただ、翻訳者たちが最大努力をしたつもりでも、リモート作業に頼ったことによる弱点もあったに違いない。解釈の不備や言葉の磨き方が足りないとのご批判があれば、ご指摘、ご指導いただきたいと願っている。

本書に収録された詩のそれぞれの翻訳者名は以下のとおりである。

大野光子「冬の刻印を受けた男」「母の亡霊が慰める」「ベルリン日記　一九九一年」「狼の木《ウルフトゥリー》」「聖ヨハネとわたしのおばあちゃん　―頌歌」「スノードロップ」「贈りもの」「島」「海の祠」「最後の教訓」「メモリー・スティック」「嵐」「詩」

栩木伸明「聖フランシスの幻になった父」「子どものダブリン・マップ」「雷が家で鳴ってるよ」「短歌連作」「ジョアン・ブリーンを偲んで」「原っぱが死んだ」「雑草取りはいたしません」「聖人伝」「ハンナおばあちゃん」「ホウスの丘で」「コーダ――灰色黒《ペインズ・グレー》」

山田久美子「泉」「彼女のヘロイン・ドリーム」「グラナードの聖母像は語る」「空を読む」「コーダ／最終章」「たね」「島の埋葬」「夢のフィルター」「そんなに急いで　アタシのお墓に飛びこみたいかい？」「都市」「握りこぶし」

河口和子「巻貝を買いに」「子守唄」「ヨーク通りを描いた三つの絵」「星明りで家路に」「トゥー・バック・ティム・フロム・ティンブクトゥ」「納屋で彼がする仕事への、わたしの愛」「祝福」「侍女」「シルク」「キングサリの花」

河合利江「あの女《ひと》の生き方《パターーン》」「年次大会」「ツークツワンク――追い詰められて」「子を葬る」「黒い分

身」「自叙伝」「傷ついた子ども」「常備軍」「わたしを崇めないで」「もう一人の女」「睦言」「「わたしのハーブ園のヘンルーダだけでなく……」」「帰る場所」「真の姿――ダルマカーヤ」「あの冬の父の手」この詩集の読者が、ダブリンでミーハンの朗読を初めて聴いたときの栩木のように、彼女の〈日本語〉の「声に耳を澄ませると、奇妙に物静かな応援歌を聞いているような気持ち」になってくだされば、翻訳者一同にとってこの上ない幸せである。

＊

こうしてコロナ禍を越え、〈まるで魔法のように〉、ポーラ・ミーハン詩集を日本の読者に届けることができたのは、日本とアイルランドで多くの優しい〈魔法使い〉たちが支えてくれたからこそです。次にお名前をあげる方たちを始め、多くの協力者の皆さまに心からの感謝を表したいと思います。

まず、たおやかで強い〈言葉の魔法使い〉、ポーラ・ミーハンに感謝します。その知性的な詩にまず惹きつけられたわたしたちが、彼女の人柄に直接触れる機会を得てからは、全員がその心優しい言動になんども慰められ、励まされました。本書の装画として快く近作を提供してくれたことにも、感謝いたします。

彼女の無二の同志、かつ夫で、現代アイルランド詩世界の後見役でもあるテオ・ドーガンにも、感謝します。翻訳者一同にとって、ふたりとの変わらぬ友情こそがプロジェクト遂行の原動力でした。本書は、三十年のパートナー関係を経て二〇二一年正式に夫婦となったふたりへの、わたしたち一同からのささやかな「結婚祝」です。

また、日本とアイルランドの文学交流を推進してきた詩人兼写真家兼デダラス出版経営者のパット・ボーランと、そのビジネス・パートナーで妻のラファエラ・トランチーノにも、著作権使用で大層お世話になりました。本詩集に収録された四十五編の詩の版権はポーラ・ミーハンと同社が所有しており、残りの十五編は英国のCarcanet Pressが所有していたので、快く許可してくださった同社にも感謝します。

日本国内では、アイルランド文学や文化を日本に紹介する活動に対し、寛大かつ熱心な支援を続けている駐日アイルランド大使館と歴代の駐日大使に深く感謝しています。アイルランド本国の出版助成機関であるLiterature Irelandの特別助成などの新情報をいち早く大使館から受け取れなかったら、本書の刊行はどれほど困難なものになっていたことでしょう。加えて、コロナ禍において寛大な助成を認めてくれたLiterature Irelandにも感謝します。

最後に、日本において翻訳詩集の出版では他に並ぶもののない思潮社が、今回刊行を引き受けてくださったことにも、深く感謝しています。あとがきで触れた栩木著の『アイルランド現代詩は語る——オルタナティヴとしての声』も、大野の『ファラオの娘　ヌーラ・ニー・ゴーノル詩集』（二〇〇一年）も同じく思潮社刊で、編集部の髙木真史さんには二十年以上前に続いて今回もお世話になりました。髙木さん、編集担当の竹林樹さん、装幀の井原靖章さんたちの根気強いお支えなしには、本書を生み出すことはできなかったことでしょう。

ところで、わたしたちの願いに応えて序文を書くことに同意してくれたミーハンが、「本書を、今年九十歳を迎えて詩集を出したゲーリー・スナイダーに捧げたい」と書いてきたとき、格別の縁《えにし》を感じざるを得ませんでした。なぜなら、一九九六年に初版が刊行された『スナイダー詩集　ノー・ネイチャー』（思潮社）の翻訳者であった故金関寿夫先生は、その「あとがき」で、スナイダーとの約束を四十年後に果たしたこと、そして「私のやり残した分を補って」くれた教え子の栩木伸明の名を挙げて、謝意を述べておられたからです。

どうやら本書の背後には、それぞれの師から弟子に向けて、見えない糸で後の世と繋ぐ仏縁が仕掛けられていたようです。ならば、畏友栩木伸明先生がこのプロジェクトに参加してくださったこと、そしてかつてわたしの指導学生であった山田久美子さん、河口和子さん、河合利江さんが共同翻訳者であることも、魔法というよりむしろ仏法あるいは仏恩というべきなのでしょう。

いずれにせよ、詩を愛する仲間たちに心からの感謝の念を抱きつつ、ともに平和な未来を祈り続けたいと思います。

収束しないコロナ感染とウクライナ戦争の夏に

（本書翻訳者を代表して）大野光子

訳者略歴

大野光子　おおの・みつこ

愛知淑徳大学名誉教授、文学博士。専門はアイルランド文学・文化。著書に『女性たちのアイルランド』、『イェイツとアングロ・アイリッシュ文学の伝統』、共著に『ファラオの娘 ヌーラ・ニー・ゴーノル詩集』などの他、共訳詩集 *On Two Shores: New and Selected Poems by Mutsuo Takahashi* と *Sky Navigation Homeward: New and Selected Poems by Mikiro Sasaki* をダブリンの Dedalus Press より刊行。二〇二〇年アイルランド大統領功労賞受賞。

栩木伸明　とちぎ・のぶあき

早稲田大学文学学術院教授。専門はアイルランド文学・文化。著書に『アイルランド現代詩は語る』、『アイルランド紀行』、『アイルランドモノ語り』（読売文学賞［随筆・紀行賞］受賞）、『ダブリンからダブリンへ』、訳書にJ・M・シング『アラン島』、キアラン・カーソン『琥珀捕り』、ウィリアム・トレヴァー『アイルランド・ストーリーズ』、コルム・トビーン『マリアが語り遺したこと』などがある。

山田久美子　やまだ・くみこ
愛知淑徳大学非常勤講師。専門はアイルランド文学・文化。共著に *Irish Theatre and Its Soundscapes*、『アイルランド・ケルト文化を学ぶ人のために』、『アングロ・アイリッシュ文学における普遍と特殊』、『多様性の異文化』、共訳書に『クィア短編小説集』、『ショーン・オフェイロン短編小説全集』第一巻〜第四巻などがある。

河口和子　かわぐち・かずこ
愛知淑徳大学非常勤講師。専門はアイルランド文学・文化。共著に『テクストの内と外』、『イギリス文化事典』、『アイルランドを知るための70章』、共訳に『アイリッシュ・ハープの調べ——ケルトの神話集』、『ショーン・オフェイロン短編小説全集』第一巻〜第四巻などがある。

河合利江　かわい・りえ
愛知淑徳大学非常勤講師。専門はアイルランド文学・文化。共著に『テクストの内と外』、共訳に『アイリッシュ・ハープの調べ——ケルトの神話集』、『ショーン・オフェイロン短編小説全集』第一巻〜第四巻などがある。

本書は Literature Ireland の支援によって刊行されている。
This book was published with the support of Literature Ireland.

まるで魔法《まほう》のように　ポーラ・ミーハン選詩集《せんししゅう》

著者
ポーラ・ミーハン　Paula Meehan
訳者
大野光子・栩木伸明・山田久美子・河口和子・河合利江
発行者
小田久郎
発行所
株式会社思潮社
〒一六二－〇八四二　東京都新宿区市谷砂土原町三－十五
電話　〇三（五八〇五）七五〇一（営業）
　　　〇三（三二六七）八一四一（編集）
印刷・製本
三報社印刷株式会社
発行日
二〇二二年九月三十日